YA Sp Quick
Quick, Matthew
Jovenes poetas rebeldes

$14.95
ocn982489793
Primera edicion, edition en

Jóvenes poetas rebeldes

Matthew Quick

Jóvenes poetas rebeldes

Traducción de Julio Hermoso

El papel utilizado para la impresión de este libro ha sido fabricado a partir de madera procedente de bosques y plantaciones gestionadas con los más altos estándares ambientales, garantizando una explotación de los recursos sostenible con el medio ambiente y beneficiosa para las personas. Por este motivo, Greenpeace acredita que este libro cumple los requisitos ambientales y sociales necesarios para ser considerado un libro «amigo de los bosques». El proyecto «Libros amigos de los bosques» promueve la conservación y el uso sostenible de los bosques, en especial de los Bosques Primarios, los últimos bosques vírgenes del planeta.

Papel certificado por el Forest Stewardship Council®

Título original: *Every Exquisite Thing*
Primera edición: octubre de 2016

Every Exquisite Thing © 2016, Matthew Quick
© 2016, de la presente edición en castellano para todo el mundo:
Penguin Random House Grupo Editorial, S.A.U.
Travessera de Gràcia, 47-49. 08021 Barcelona
© 2016, Julio Hermoso Oliveras, por la traducción

Este libro es una obra de ficción. Nombres, personajes, lugares y hechos son producto de la imaginación del autor o usados de manera ficticia. Cualquier parecido con personas, vivas o muertas, lugares o hechos es una mera coincidencia.

Penguin Random House Grupo Editorial apoya la protección del *copyright*.
El *copyright* estimula la creatividad, defiende la diversidad en el ámbito de las ideas y el conocimiento, promueve la libre expresión y favorece una cultura viva. Gracias por comprar una edición autorizada de este libro y por respetar las leyes del *copyright* al no reproducir, escanear ni distribuir ninguna parte de esta obra por ningún medio sin permiso. Al hacerlo está respaldando a los autores y permitiendo que PRHGE continúe publicando libros para todos los lectores. Diríjase a CEDRO (Centro Español de Derechos Reprográficos, http://www.cedro.org) si necesita fotocopiar o escanear algún fragmento de esta obra.

Printed in Spain – Impreso en España

ISBN: 978-84-204-8444-0
Depósito legal: B-17.312-2016

Compuesto por Javier Barbado

Impreso en Blackprint CPI (Barcelona)

AL 84440

Para el banco verde cerca del arroyo

Primera parte

1. Él era un adulto y yo seguía siendo una niña

En la última pausa para el almuerzo antes de Navidad en mi tercer y penúltimo año de instituto, cuando llegué a la clase del señor Graves, él se encontraba lleno de una jovialidad festiva y mucho más sonriente de lo habitual. Llevábamos meses comiendo juntos y a solas. Aquel día, su mujer me había preparado un plato de galletas *pizzelle*; eso me hizo preguntarme qué le habría estado contando sobre mí. Las galletas parecían unos copos de nieve gigantes y sabían a regaliz negro. Nos tomamos una cada uno y, a continuación, el señor Graves me entregó una cajita envuelta en un papel azul salpicado con las siluetas de unos renos que lucían unas cornamentas enormes. No había recibido nunca un regalo de un profesor. Parecía importante.

—Solo una bobada de parte de alguien que evita la cafetería para otra persona que hace lo mismo.

Rasgué el envoltorio.

Dentro había una novela titulada *La parca de chicle,* escrita por Nigel Booker, encuadernada en rústica. La tapa estaba pegada al lomo del libro con papel celo, y las páginas se habían puesto amarillas. Olía como una tienda de campaña vieja que se hubiera tirado húmeda cincuenta años. Sobre la cubierta blanca había una de esas guadañas largas que lleva la muerte encapuchada, con la hoja curva en lo alto, salvo que estaba hecha entera de bolas irisadas de chicle, como si alguien las hubiera dispuesto así sobre un mármol blanco. La imagen era de lo más rara. Daba miedo y atraía al mismo tiempo.

Abrí el libro por la primera página.

La dedicatoria decía: «Para el foso de los arqueros».

«Estrafalario», pensé.

Pasé rápidamente aquellas hojas que tenían las esquinas dobladas y vi que alguien había subrayado muchísimos párrafos por todo el libro.

—Yo lo leí cuando tenía tu edad, y me cambió la vida —dijo el señor Graves—. Está descatalogado. Tal vez valga un dinero, pero no es el típico libro que uno vendería. Hace un tiempo lo escaneé entero y creé un archivo digital, y me prometí a mí mismo que le pasaría mi ejemplar al alumno apropiado cuando él o ella apareciese. Seguramente no será la obra más elevada de la literatura universal, quizá se haya quedado un poco anticuado, pero es un clásico de culto, y tengo la sensación de que podría ser la lectura perfecta para ti. Quizá, incluso, un rito de paso para gente *como nosotros*. Sea como sea, feliz Navidad, Nanette O'Hare.

Cuando le di un abrazo de agradecimiento al señor Graves, se quedó muy rígido y dijo:

—No es necesario todo eso —luego soltó una risa nerviosa mientras me apartaba con delicadeza.

En aquel momento me irritó que lo hiciese, pero después comprendí, más o menos, el motivo de sus precauciones. Vio antes que yo lo que se avecinaba, porque él era un adulto, y yo seguía siendo una niña.

Esa noche empecé a leer.

2. La historia estaba sin terminar

La parca de chicle trata de un chico que se hace llamar Wrigley porque es adicto a los chicles Wrigley, los dobles de menta. Dice que le calman los nervios, y los masca con tal furia (y tanta frecuencia) que los dolores de mandíbula son para él habituales e incluso sufre algún ataque ocasional de «mandíbula rígida». Nunca llega a decirte su verdadero nombre mientras lo sigues a lo largo de un año de instituto.

Wrigley se dedica sobre todo a observar a sus compañeros, de cuya compañía él no disfruta, y habla de «abandonar» constantemente, salvo que no sabes qué es lo que quiere «abandonar» a fin de cuentas. Busqué el libro en Google, y encontré teorías, páginas web enteras dedicadas a responder a esa pregunta. Hay quien piensa que Wrigley quiere suicidarse, y así «abandonar» la humanidad. Algunos creen que solo quiere dejar los estudios. Otros piensan que Wrigley está hablando de Dios y que en realidad quiere dejar de creer en un poder superior; creo que eso no lo pillo, porque el narrador no menciona a Dios ni una sola vez. Hay otros que especulan que Wrigley quiere abandonar Estados Unidos y que todo el libro trata del comunismo, pero, vuelvo a decir, no estoy segura de creer eso tampoco.

El problema es que Wrigley se enamora de una de las dos hermanas gemelas idénticas que se llaman Lena y Stella Thatch, salvo que no sabe a cuál de las dos ama. Esto sucede porque a una de ellas le gusta hablar con su tortuga, un macho que toma el sol en una piedra que asoma del agua del arroyo cerca del instituto al que asisten. Wrigley llama a esta tortuga Ted el Improductivo, porque se pasa todo el día plantado en la piedra sin hacer nada más que tomar el sol (cuánto me gusta ese apodo, me encanta: Ted el Improductivo). Oculto tras un roble, Wrigley escucha cómo una gemela le habla a la tortuga sobre sus temores y preocupaciones al respecto de algo horrible que ha hecho su padre, pero nunca llegas a saber con certeza de qué se trata. Lo que sí es seguro es que esta chica se pasa todo el rato al borde de las lágrimas. Wrigley escucha con paciencia todo cuanto la chica necesita expresar, y después, una vez se deja ver y ella se da cuenta de que ha oído hasta la última palabra, de inmediato intenta tranquilizar a la gemela: «Eso que acabas de decir. Todo. Lo comprendo. De verdad que sí. A mí también se me ocurren las mismas cosas… bueno, la mayoría». En un principio, ella se enfada por «el espionaje». Pero luego, Wrigley y ella tienen una charla increíble sobre la vida, sobre el instituto, sobre cómo no pueden ser sinceros «fuera del bosque» y sobre «abandonar sin más».

La tragedia se pone de manifiesto cuando Wrigley se marcha y la deja. De camino a casa, para su horror, se percata de que no le ha preguntado su nombre a la chica y que, por tanto, no sabe si ha tenido aquella experiencia tan íntima con Stella Thatch o con Lena Thatch. Eso le provoca una agobiante crisis de ansiedad que le da náuseas —vomita, realmente— porque la gemela no paraba de decirle, una y otra vez: «Por favor, no le hables a mi hermana de esto. ¡Por favor!». Se da cuenta de que no le puede preguntar a una de las gemelas si era ella la que estaba en el arroyo sin arriesgarse a traicionar su confianza, porque si se lo pregunta a la gemela incorrecta, lo «estropearía todo». Resulta obvio que Wrigley es incapaz de cambiar, pero te sientes mal por él de todas formas, porque en su cabeza se trata de un problema irresoluble que lo está torturando.

Se pasa meses tratando de averiguar con cuál de las dos gemelas habló exactamente, esperando a que ella le diga algo en el instituto, preocupado porque tal vez *ella esté esperando a que sea él* quien dé el primer paso, y le preocupa todavía más que ella se arrepienta de su conversación íntima en el bosque y no vuelva a querer hablar con Wrigley en la vida.

Por fin, después de meses de observar a las dos gemelas en el comedor, decide que Lena es la suya, sobre todo porque ella a veces da unos golpecitos nerviosos con el pie en el suelo cuando habla sentada en una mesa llena de las chicas más populares, pero no es que esté seguro precisamente. Además, Lena ha empezado a llevar un bolso con una L bordada, lo que también parece una buena señal. Quizá le esté enviando un mensaje sobre su identidad, dándole pistas, piensa él.

Wrigley decide pedirle a Lena que vaya con él al baile de fin de curso, convencido de que si le dice que sí, sabrá con seguridad que fue ella la que se confesó ante Ted el Improductivo. Y Lena le dice que sí, pero tampoco parece muy entusiasmada con la propuesta, así que le deja todavía más confundido.

El chico alquila un esmoquin y compra un arreglo floral para la muñeca con una rosa amarilla, y aun así, justo antes de llamar a la puerta de la casa de las gemelas, repara en que la gemela con la que se vio en el bosque jamás querría ir al baile, y lo sabe porque él mismo en realidad tampoco quiere ir, y solo lleva puesto un esmoquin para enterarse de si ha escogido a la hermana correcta. No podría importarle menos nada de todo lo demás, o lo que él llama «pompa». La gemela que habla con una tortuga a solas junto al arroyo no querría al Wrigley que va al baile de fin de curso, porque va disfrazado y no está siendo fiel a quien realmente es: el «Wrigley del bosque vestido normal y corriente». Es tan evidente, piensa él, y yo coincido. Wrigley no puede ir al baile. Eso estropearía cualquier oportunidad que tenga de una verdadera relación con la gemela correcta.

Decide que ha fracasado antes siquiera de haber empezado, así que no llama a la puerta, sino que se marcha al lugar donde la gemela y él hablaron por primera vez, con la idea de que la verdadera hermana podría estar allí esperando y que quizá hablasen y acabaran besándose como al final de un cuento de hadas moderno. En cambio, se encuentra a un grupo de chavales de primaria que se valen de unos palos para hacer que Ted el Improductivo dé vueltas boca arriba sobre el caparazón «con las cuatro patas en el aire, que trazan un círculo cruel como si fuera una tortuga-peonza». Wrigley se pone hecho una furia, agarra al más grandote de los críos y le grita «¿POR QUÉ? ¿POR QUÉ? ¿POR QUÉ?» una y otra vez.

El cabecilla de los chavales dice que solo estaba pasando el rato y que en realidad no iban a matar a la tortuga, de modo que Wrigley le pega su chicle en el pelo al niño, lo echa al arroyo y le dice: «Solo estoy pasando el rato yo también, pero en realidad no te voy a dejar la cabeza metida debajo del agua hasta que te pongas azul y te ahogues». Acto seguido le agarra la cabeza y la hunde en el agua hasta que los demás chicos empiezan a suplicar por la vida de su amigo y le ruegan a Wrigley que le permita volver a respirar. Cuando el crío medio ahogado y empapado vuelve a salir a la superficie, boquea en busca de aire y suplica que no se lo vuelva a hacer. Wrigley lo suelta, y los chavales huyen corriendo.

Ted el Improductivo muerde a Wrigley en la mano y le arranca un triángulo de piel cuando nuestro protagonista deja a la tortuga al derecho.

Mientras Ted el Improductivo escapa, Wrigley sangra, se retuerce, maldice y espera a que la gemela correcta aparezca, pero ella nunca vendrá.

Los que sí llegan, en cambio, son los padres del niño al que casi ahoga en el arroyo, y el padre tira a Wrigley al río y comienza a echarle agua a la cara mientras le dice: «¿Qué, te gusta ser un matón ahora? Mi hijo tiene once años y la mitad de tu tamaño. Eres un cerdo, una absoluta y completa vergüenza para el vecindario. ¿Y por qué no estás en el baile, eh? ¡Si ya tienes puesto el esmoquin! Saltarse el baile de fin de curso es antiamericano. ¿Eres un rojeras comunista, o qué?».

En lugar de explicarse, Wrigley se quita su disfraz del baile y nada hasta el centro del río contaminado, donde sabe que «no vendrá nadie», flota desnudo boca arriba y dice: «Ahora lo entiendo, Ted el Improductivo, por qué te quedas ahí solo en la piedra todo el día sin hacer nada. Abandono. Me voy a quedar aquí flotando para toda la eternidad eterna». Y entonces acaba la novela con Wrigley que se parte con una risa de loco, y las estrellas comienzan a aparecer en el cielo de la noche.

En internet hay diferentes teorías sobre el final, pero la idea predominante es que Wrigley está rechazando la sociedad convencional —la familia, el instituto público, incluso su sexualidad— para vivir aquel preciso instante, flotando desnudo en el arroyo.

Algunos dicen que el libro es una lección de budismo zen, y que Wrigley quizá hasta vea la luz.

Me dio la sensación de que la historia estaba sin terminar, lo cual me irritó, porque quería saber qué le había pasado a Wrigley después de salir del agua. Llegué incluso a leerme tres veces el libro durante las vacaciones de Navidad, convencida de que se me había escapado algo.

3. Tienes que conocerlo tú misma

Cuando volvieron a empezar las clases en enero, estaba esperando en el pasillo con la espalda apoyada en la puerta del aula del señor Graves.

—¿Has dormido aquí esta noche, Nanette? Ni siquiera ha amanecido aún —se rio al llegar.

—¿Qué le sucede a Wrigley? —le pregunté—. Tengo que saberlo. Porque Wrigley soy yo. Y no puede acabar así. No puede. Y punto.

—¿Por qué no?

—Porque necesito más.

—Déjalos siempre con ganas de más. Esa es una de las grandes reglas del mundo del espectáculo.

—Esto no es el mundo del espectáculo. Es *literatura*. Y también es mi vida —le dije—. Este libro *soy yo*. Yo. Es muchísimo más que una historia. El autor tiene la responsabilidad de proporcionar respuestas. ¡Todas las respuestas!

El señor Graves sonrió, se echó a reír y dijo:

—Creí que te gustaría *La parca de chicle*. Como te dije, un rito de paso para raritos como nosotros.

El señor Graves siempre utilizaba la palabra «rarito» para describirse a sí mismo y a la gente que le gustaba.

Decía que todos los grandes escritores eran también «raritos», que a nuestros mejores artistas, músicos y pensadores les colgaron al principio la etiqueta de «rarito» en el instituto o «cuando eran jóvenes». Aquel era el precio de ser admitido.

—¿Y por qué se titula *La parca de chicle,* por cierto? —le dije.

—¿Por qué crees tú?

—No tengo ni idea. ¡Por eso se lo pregunto!

Se rio.

—Bueno, hay muchas teorías.

—Ya he buscado en internet, y no me trago nada de lo que sale ahí.

—Entonces, quizá deberías preguntárselo tú misma al autor.

—¿Y cómo puedo hacer eso?

—Resulta que el señor Booker vive a un paseo de distancia de este instituto. ¿Lo sabías?

—¿Lo dice en serio?

El señor Graves me sonrió como si me hubiera estado llevando al huerto sin que yo me enterase.

—Y me han dicho que si te ofreces a invitarle a un café en The House, hablará contigo. Aunque debería advertirte de que él nunca, jamás, da una respuesta directa. Y me parece que en realidad ya odia *La parca de chicle*.

—¿Cómo lo sabe?

—Porque le escribí muchas cartas en mi adolescencia, hasta que por fin me recibió con mis dieciséis años de entonces.

—¿Y qué le dijo él?

—Ah, esa historia no te la voy a adelantar yo. Tienes que conocerlo tú misma, en persona. Es toda una experiencia, sin duda. Y estoy bastante seguro de poder conseguírtela. Es decir… si te animas.

4. Un himno al noble arte de abandonar

Yo estaba absoluta y decididamente animada.

El señor Graves lo arregló todo, y no tardé en verme sentada frente a Nigel Booker, el autor de mi nuevo libro favorito. The House es el café local, y solo está a seis manzanas de mi propia casa. Allí te encuentras, sobre todo, con gente mayor, algo que no me molesta lo más mínimo, porque tampoco es que le tenga demasiado cariño a mi generación, la verdad sea dicha.

—¿Señorita O'Hare? —me dijo al llegar. Cuando asentí, extendió la mano y se la estreche—: Llámame Booker. Lo de «señor» no va conmigo.

Le sacaba al señor Graves unas cuantas décadas. Unos mechones de pelo blanco le salían de las gigantescas orejas. Pantalones de cuadros escoceses demasiado cortos por abajo y un poquito sueltos de más en la cintura. Su jersey de lana tejida en ochos y excesivamente grande estaba desgastado y un pelín sucio. Y llevaba el pelo engominado hacia atrás en ambos lados y cardado por arriba igual que Elvis, pero gris.

—¿De verdad quieres invitar a este viejo a un café? —me dijo mientras se señalaba el rostro con el pulgar—. ¿Cómo es que he tenido tanta suerte?

Asentí, y después pedimos, pagué y nos sentamos.

—¿Y bien?

Respiré hondo.

—*La parca de chicle* es mi nuevo manifiesto personal —dije—. No sabía que había otra gente como yo, pero es obvio que la hay. Y usted lo comprende, también. Y ese es el motivo de…

—Vale —se rio entre dientes—. No más de eso.

No sabía si solo estaba siendo modesto, así que insistí con mis preguntas.

—¿Por qué ya no se imprime?

—Probablemente porque no es muy bueno —me dijo y se echó a reír—. No recibí ningún tipo de formación como autor literario. Solo tenía esa historia metida en la cabeza y la tenía que soltar. Fue como si me diese una fiebre un verano y escribir fuera la medicación. No me podía creer que lo publicasen, y no tengo la menor idea de por qué lo envié a Nueva York siquiera. Tal vez fuese un doble caso de locura transitoria, el mío y el de esa editorial desconocida que cerró poco después de que saliera el libro a la venta. Imagínate. Solo les dio tiempo de hacer una tirada mediana en tapa blanda. Gracias a Dios.

Yo no tenía ni idea de lo que me estaba contando, así que me ceñí a las preguntas que traía preparadas de antemano.

—¿Es verdad que compra por internet todos los ejemplares de segunda mano y los quema?

Se rio y dijo:

—Yo ni siquiera tengo una internet en casa.

Aquello que dijo de «una internet» me dejó claro que estaba diciendo la verdad. Siempre te das cuenta de cuándo una persona mayor no tiene ni idea de lo que le estás hablando, porque lían las palabras casi como si, al negarse a nombrarlo correctamente, tratasen de derrotar eso de lo que tú hablas. A esta técnica la llamo vudú sintáctico de la tercera edad.

Pasé a mi tercera pregunta:

—¿Qué le ocurre a Wrigley después de salir del arroyo?

—¿Quién ha dicho que llega a salir?

—¿Entonces se ahoga?

—No lo podemos saber con certeza.

—¿Por qué?

—Se acaba la historia.

—Pero usted podría escribir más.

—No, no puedo. No hay más que escribir.

—¿Por qué?

—Así son las cosas. La historia termina donde termina.

—No lo entiendo.

—¿Ves a esa mujer tan agradable que nos ha servido el café?

Volví la cabeza por encima del hombro hacia la cajera alta de la coleta morena y la permanente sonrisa en la boca, y asentí.

—Se llama Ruth —dijo Booker—. ¿La habías visto antes?

Los chicos de mi edad no iban nunca a aquella cafetería, así que le dije:

—No.

—Puede que no la vuelvas a ver nunca.

—¿Y?

—Solo consigues ver cinco minutos de la historia de Ruth, y así son las cosas. Pero Ruth, claro, sigue adelante ahora la veas tú o no. Hace todo tipo de cosas que cierta gente ve y otra no. Sin embargo, tu versión de la historia de Ruth serán los cinco minutos que has pasado pidiéndole el café. Así son las cosas, sin más.

—Muy bien —le dije—. Pero ¿qué tiene eso que ver con *La parca de chicle?* Ruth es real. Wrigley es un personaje de ficción.

—No existe eso de la ficción.

—¿Qué?

Le dio un sorbo al café, puso una sonrisa burlona y dijo:

—Escribí ese libro hace mucho tiempo. Antes de que tú nacieras, incluso. Cuesta recordar qué estaba pensando por aquel entonces. Apenas soy capaz de acordarme de lo que estaba pensando esta mañana. Pareces una joven inteligente. No necesitas que yo te explique nada.

La cabeza me daba vueltas, así que regresé a mi lista de preguntas preparadas.

—¿A qué se refería cuando dijo que Wrigley quería abandonar? En el libro. No dejaba de decir que quería abandonar. ¿Abandonar qué?

Arqueó una ceja y dijo:

—¿Nunca tienes la sensación de querer dejar de hacer algo que todo el mundo te hace sentir que *se supone* que debes seguir haciendo? ¿Nunca has querido simplemente... *dejarlo?*

—No lo sé, o sea, supongo que sí —le dije, aunque sabía perfectamente a qué se refería.

Se hizo un silencio entre los dos, como cuando te fijas de repente en las motas de polvo que danzan a tu alrededor en el sol del atardecer y te preguntas cómo demonios no te habrás fijado antes.

—¿Por qué no hablamos menos sobre mi fracasado intento de ser novelista y un poco más sobre ti? —dijo por fin—. ¿Eres una persona feliz?

No estoy segura de que alguien se hubiera molestado nunca en preguntarme eso antes, así que dije «¿A qué se refiere?», con la intención de ganar tiempo para dar con una respuesta inteligente.

Lo que quiero decir es, ¿cuándo fue la última vez que alguien te preguntó si eras feliz y después te miró a los ojos como si de verdad le importase más que una mierda tu respuesta?

—¿Disfrutas en todo aquello en lo que participas? —me preguntó.

—Como... ¿si quiero abandonar algo?

—No es un delito admitir esas cosas. No tenemos a la Gestapo de la Participación escondida detrás de esa planta. Ni tampoco a la KGB. Esto es América. Puedes hacer libre uso de la libertad de expresión... *libertad, punto.* Y yo ya sé que quieres dejar algo, o no te interesaría tanto mi bobada de librito, que, al fin y al cabo y si no recuerdo mal, es un himno al noble arte de abandonar. Así que aceptémoslo. ¿Qué es lo que tienes ganas de dejar más que nada en el mundo?

—El fútbol —dije, y me quedé sorprendida, aunque era absolutamente cierto. Hacía mucho tiempo que odiaba jugar al fútbol.

—El fútbol. Vale. Ahora sí que vamos a alguna parte. Siguiente pregunta: ¿por qué?

—No lo sé.

—Ah, seguro que sí. ¿Estás en el equipo del instituto?

Bajé la vista a la barra y me fijé en los granos blancos de azúcar que había esparcidos por allí.

—Soy la capitana y la máxima goleadora.
—¿Se te da bien, entonces?
—Más o menos —dije, por mucho que en mi segundo año me eligiesen para la selección de South Jersey, que las universidades me quisieran fichar y que los ojeadores vinieran a ver mis partidos. Pero la verdad es que a mí me daba igual todo eso. Tanta atención me avergonzaba. Me hacía sentir todavía más como una mentira.
—Apuesto a que nadie te ha dicho antes esta verdad, así que, aquí la tienes por el precio de un café —tomó un sorbo y me miró fijamente a los ojos antes de decir—: Solo porque se te dé bien algo, eso no significa que tengas que hacerlo.

Nos quedamos mirándonos un segundo.

Sonrió como si me estuviera ofreciendo el secreto de la vida.

«Prueba a decirle eso a mi entrenador y a mi padre», pensé, hice un gesto negativo con la cabeza y dije:

—Tenía ganas de matar a esos críos que le estaban dando vueltas a Ted el Improductivo. Y después me entraron ganas de matar al padre del niño, el que tira a Wrigley al arroyo. Y no soy una persona violenta para nada. Ni siquiera dejo que mi madre ponga trampas para los ratones. No me han sacado una sola tarjeta en toda mi carrera futbolística. Ninguna roja. Ni amarilla. Nunca me habían entrado ganas de matar a alguien antes. Ni siquiera un hierbajo o una araña. Pero usted me provocó esos sentimientos tan intensos. El final de su libro me enfadó muchísimo.

Booker puso una sonrisa terriblemente triste y miró por la ventana, a nada en concreto.

—Ah, por favor, no me eches a mí la culpa de tu odio. Ya estaba ahí antes de que levantases la tapa de mi libro del

Chicle. Eso te lo puedo asegurar. Todos lo llevamos dentro. Lo mínimo que podemos hacer es responsabilizarnos de la parte que nos toca... en especial de lo que sea que dejamos que se nos escape.

—No estoy tratando de... —dije, pero me detuve porque me di cuenta de que sí estaba tratando de hacerlo.

—Deberías leer «El genio de la multitud», de Bukowski —me dijo, al tiempo que me volvía a mirar a los ojos—. Ese poema tiene un par de cosillas que decir sobre el odio.

—¿De quién?

—El gran Charles Bukowski. Héroe de los inconformistas y los poetas obreros de todo el mundo.

Mi familia desde luego no era obrera, pero me gustó cómo sonaba «inconformista».

Le pedí que me deletrease el apellido y lo escribí en el móvil. Después escribí también «El genio de la multitud», que leí más tarde y me encantó. Leer aquel poema fue como ponerme las gafas graduadas correctas después de haber estado toda mi vida dándome golpes contra las paredes. Bukowski fue capaz de resumir justo lo que yo había estado sintiendo durante muchos años, y qué fácil hacía que pareciese sobre el papel.

—Ten cuidado con los poemas del tío Buk —me dijo Booker aquel día en el café—. Es potente. Y, por favor, hagas lo que hagas, no le cuentes a tus padres que yo te he dicho que leas poesía de contracultura, en especial si son unos neuras de esos que envían fotos de la familia como tarjeta de Navidad. Sin la menor duda, no digas una sola palabra del tío Buk si te obligan a que os vistáis todos igual en Navidad. Incluso los padres de las urbanizaciones residenciales que no envían tarjetas de Navidad tienden a despreciar a Charles Bukowski, lo cual, por supuesto, es el motivo de que a tantos muchachos de las urbanizaciones residenciales les guste.

—¿Cómo ha sabido que hacen eso? —le pregunté asombrada—. Mis padres. Las tarjetas de Navidad. Vestirnos todos igual en las fiestas.

—Con demasiada frecuencia, la gente es lamentablemente predecible. Y yo sé muchas cosas. Es una maldición. Y esta es otra cosa que sé: no estás condenada a ser tus padres. Puedes romper el círculo. Puedes ser quien tú quieras ser. Pero pagarás un precio. Tus padres, y todos los demás, te castigarán si decides ser tú y no ellos. Ese es el precio de tu libertad. La jaula no está cerrada con llave, pero aquí todo el mundo tiene demasiado miedo de salir de ella, porque te arrean un sopapo cuando lo intentas, y te arrean bien. Quieren que tengas miedo, también. Quieren que te quedes en la jaula. Pero cuando has dado un par de pasos más allá de la trampilla, ya no te alcanzan, así que se detienen los sopapos. Ese es otro secreto: tienen demasiado miedo de seguirte. Adoran sus propias jaulas.

Abrí la boca para defender a mis padres, porque son buena gente de verdad, y no quería que él creyese que me arreaban sopapos, ni siquiera metafóricos, pero, por alguna razón, de mis labios no surgió sonido alguno. La tarde se había vuelto intensa con demasiada rapidez.

—Pareces una chica rara y solitaria, Nanette O'Hare. Yo soy un viejo raro y solitario. La gente rara y solitaria se necesita, los unos a los otros, así que vayamos al grano —me sonrió y le dio otro sorbo al café. Entonces dijo las cinco palabras que cambiarían mi vida para siempre—. ¿Te gustaría que fuésemos amigos?

Asentí con un pequeño exceso de entusiasmo y me quedé muy sorprendida al notar que se me estaban saltando las lágrimas.

—Bien, yo nunca, bajo ninguna circunstancia, comento *La parca de chicle* con mis amigos, así que, una vez lo hagamos oficial, se acabó. Nunca volveremos a hablar sobre Wrigley, Ted el Improductivo, las gemelas Thatch ni nada de eso. ¿Entendido?

Tenía preparada una pregunta más, y —tal vez para obligarme a dejar de llorar— se la hice.

—Antes de hacerme su amiga, entonces... He leído en internet que varias editoriales se han ofrecido a reeditar el libro y que las ha rechazado a todas. ¿Es eso cierto?

—Sí.

—¿Por qué?

—Porque yo soy el dueño de los derechos y puedo hacer con ellos lo que me dé la santa gana. Decidí no publicar más. Tomé esa decisión hace mucho. Publicar *La parca de chicle* fue el mayor error de mi vida.

—¿Quiere abandonar... *como Wrigley*?

—¡Sí! Así que, ¿podríamos poner fin a esta charla literaria y ser amigos ya, sin más? ¡Los verdaderos amigos son mejores que las novelas! ¡Mejores que las obras de Shakespeare! ¡Con los ojos cerrados! Los falsos amigos, sin embargo... ¡preferiría que me abriesen el cráneo con una Biblia de oro macizo antes que soportar el lento veneno de la falsa amistad! —al ver que unos cuantos clientes del café nos estaban mirando, Booker les mostró su desprecio y acto seguido me sonrió a mí.

Me reí.

—¿Es esta su manera de conseguir que deje de hacerle preguntas sobre su libro?

—No, es una manera de ir más allá del libro. El libro está ahí... estancado. No cambia nunca. Nosotros evolucionamos, como personas. Yo no soy el mismo que escribió eso hace ya veintitantos años. Y tú no serás siempre la misma enamorada de Wrigley.

Me sonrojé porque tenía razón en algo: desde luego que estaba enamorada de Wrigley. Hasta había empezado a pasearme por el estanque de nuestra localidad donde las tortugas tomaban el sol en verano, porque albergaba la secreta esperanza de que Wrigley apareciese por arte de magia, como si yo pudiera conseguir mentalmente que se materializara, tal y como hacemos al leer novelas. Noté que me ardían las mejillas y cambié de tema.

—¿Y por qué ha accedido a verme hoy, si tanto odia hablar sobre su libro?

—Me encanta el café gratis en tazas y platos de verdad —dijo sin inmutarse—. Invítame a un café solo en taza y quedaré contigo todas y cada una de las semanas de aquí a la eternidad.

Sonreí y me recogí un mechón de pelo detrás de la oreja.

—¿Qué va a pasar cuando nos hagamos amigos?

—No hay forma de saberlo ahora. Creo que lo tenemos que probar sin más, y averiguarlo. No hay garantía de ninguna clase en lo referente a cosas tan impredecibles como la amistad. Es un asunto peliagudo.

—Era amigo del señor Graves cuando él tenía mi edad, ¿no?

—Nos carteamos. Sí.

El señor Graves era uno de los pocos adultos que yo admiraba. Quería hacer lo que fuese que hubiera influido en convertirlo a él en la persona que es.

—Vale —dije—. Ya somos amigos.
—Bien.
Y eso fue todo.
Booker y yo nos hicimos amigos.

Quedábamos con regularidad, a veces para tomar un café en The House, otras en su jardín, donde tiene una tortuga que se llama don Quijote eternamente plantada entre dos molinos en miniatura, que tienen cara y brazos blandiendo espadas. Eso hace reír a Booker siempre que mira a su mascota, es decir, a diario. Al principio no hablamos sobre su libro ni una sola vez, aunque yo seguí releyéndolo docenas de veces. Mantuve mi palabra, aunque —sin querer— no dejase de llamar Ted el Improductivo a don Quijote, lo cual enfadaba a Booker.

—¡Que no se llama así! —me gritaba siempre que yo metía la pata.

Y si resultas ser uno de esos malpensados convencidos de que un hombre mayor no puede ser amigo de una adolescente sin alguna clase de motivo oculto, pervertido y malsano, permíteme que le ponga fin ahora mismo a la caza de brujas. Booker fue más abuelo que donde los hacen, y ni una sola vez hizo ni dijo nada inapropiado o sórdido. Entre nosotros no hubo nunca nada raro, en absoluto. Lo adoraba igual que adoraba dar paseos descalza por la hierba en verano, igual que adoraba una taza caliente entre las manos, igual que adoraba conducir por una larga recta con la puesta de sol en la distancia. Era una clase de amistad buena, segura y sencilla… bueno, al principio, al menos.

5. Jamás le contó a nadie lo que hice

Era nuestro rato habitual de la comida, salvo que era el día de San Valentín. El señor Graves y yo estábamos a solas en su clase, hablando sobre Booker. Le habíamos dado la vuelta a un par de pupitres y estábamos mirando a una bandada de pájaros que se había posado en los cables justo delante de la ventana. También nos reíamos y compartíamos información entre sonrisas como dos viejos amigos. Volvió la cara para decirme algo en el mismo momento en que yo lo hice. Estábamos muy cerca el uno del otro —podía oler su *aftershave* y verle las partes del cuello que le había irritado la cuchilla, justo debajo del maxilar— y cuando levanté la mirada hacia sus ojos, de repente me sentí llena de electricidad.

No tenía pensado hacer lo que hice a continuación.

Ahí fue donde se acabó lo que fuera que había entre nosotros. Y estoy bastante segura de que fue el motivo de que él abandonase la enseñanza al final del curso, además.

Sucedió de manera espontánea, sin más, igual que cuando ves una araña subiendo por la pared de tu cuarto y sientes un escalofrío reflejo. O quizá como la primera vez que sin querer te topas con porno en internet, que sientes un cosquilleo y quieres dejar de mirar, pero no puedes, así que haces clic en más y más vínculos.

Yo le di al clic en el vínculo del señor Graves sin su permiso.

No debería haberlo hecho. No sé lo que pasó, pero me costó caro. Jamás me lo perdonaré. Lo peor fue que supe que lo estaba estropeando todo según me inclinaba, y aun así no me detuve. Él volvió la cabeza en el último segundo posible, y le besé la mejilla. La cara se le puso roja mientras me apartaba la mano de su cuello, y me susurró:

—¿Qué estás haciendo?

Cuando traté de decirle con una sonrisa que sería capaz de guardar el secreto, él me gritó.

—¡No puedes hacer eso! ¡Nunca! ¿Lo entiendes, Nanette? Te has pasado de la raya.

Sentí sus palabras como una bofetada en la boca. Qué estúpida me sentí de repente. Cuando empecé a llorar, no pude parar. Sollocé y sollocé. Utilizó el teléfono del aula para llamar a la enfermera. Yo ni siquiera sabía su nombre, pero la mujer vino y me llevó a su despacho, y me quedé tumbada en una cama rodeada por una cortina blanca y me sentí culpable durante el resto del día. Le dije a la enfermera que tenía retortijones, y ella no hizo más preguntas.

Al día siguiente, la puerta del señor Graves estaba cerrada durante su descanso para el almuerzo, y las luces estaban apagadas. Me asomé al ventanuco rectangular, y allí no había nadie. Mi intento de beso lo había empujado a la temida sala de profesores, un lugar que él odiaba, según me había contado en reiteradas ocasiones; decía: «Algunos profesores son todavía peores que los alumnos a la hora de hacer que sus semejantes se sientan fatal». Jamás le contó a nadie lo que hice —o, al menos, nunca me llamaron para que bajase al despacho del director— y jamás volví a oír hablar de aquello.

En clase ni siquiera me miraba, y un día, de pronto, me cambiaron de profesor. Mi orientador, el señor Bryant, no me decía por qué, aunque su ademán rígido y torpe me hacía sentir como si fuera Abigail Williams en *Las brujas de Salem*.

Transcurrido un cierto tiempo, me asomé a la puerta del señor Graves en un descanso entre dos clases y, desde la entrada, le pregunté si podíamos hablar. Con un tono frío y distante, me dijo que podíamos vernos en la sala de orientación académica siempre que el señor Bryant estuviera allí, y entonces fue cuando supe que nunca jamás volvería a disfrutar de una comida a solas con mi profesor favorito, que fuera lo que fuese lo que había entre nosotros estaba muerto y enterrado para siempre.

Y no me equivoqué.

6. Vivir en un catálogo que se renueva con regularidad

Mis padres nunca fueron malas personas, al menos conforme al criterio norteamericano moderno. Me alimentaron. Me llevaron de compras a las tiendas más caras con tal de que tuviera el mismo aspecto que todos los demás en mi instituto, cuyos padres tenían dinero. Se aseguraron de que viviésemos en uno de los mejores distritos escolares del estado y tal vez incluso del país. Jamás me trataron mal de ninguna manera, y siempre me estaban alentando para que hiciese lo que ellos pensaban que yo quería hacer, pero ese era el gran problema. Yo no quería hacer lo que había empezado a hacer como hija suya. Solo que nunca se lo dije a nadie.

Mi madre es diseñadora de interiores. Todavía es atractiva, y está renovando constantemente su armario, lo que significa que íbamos a comprar ropa por lo menos dos veces por semana. Además, durante toda mi etapa del instituto, solíamos hacer esas típicas salidas de madre e hija todos los domingos por la mañana, en las que nos tomábamos un desayuno de media mañana en el centro y después nos íbamos a la ópera, o quizá a ver una película o a hacer más compras. Me gustaba ir. De verdad que me gustaba. Pero luego mi madre comenzó a utilizar estos ratos para hacerme confesiones, como si fuéramos hermanas o amigas más que madre e hija. Recuerdo una vez que estábamos sentadas en una mesa junto a la ventana en la última planta del Bellevue, dándole sorbitos a un par de mimosas —mamá dejaba buenas propinas a los camareros, así que nunca pestañeaban cuando ella pedía los dos cócteles, por obvio que resultara que yo era menor de edad—, y mi madre me dijo:

—¿No te molesta la forma de comer de tu padre?

—¿A qué te refieres? —le pregunté.

—A esa forma que tiene de masticar y respirar a la vez por la boca, de modo que cualquiera puede ver lo que tiene dentro. Como si fuera una vaca rumiando. Lo hace incluso en los restaurantes. He intentado mencionárselo tan solo para ahorrarle la vergüenza, pero se pone hecho una furia cada vez que pronuncio la palabra «masticar».

Repasé mi memoria y no fui capaz de encontrar un solo instante en que me hubiera molestado la manera de masticar de mi padre, ni tampoco recordé que mi madre le hubiese hablado de ello directamente aunque cenábamos juntos en familia todas las noches. Y entonces fue cuando me di cuenta de que mis padres tenían una vida secreta al margen de la mía, que discutían cuando yo no miraba, o tras la puerta de su dormitorio, entre susurros quizá, y después hacían teatro cuando yo estaba delante. Comprendí que aquella conversación sobre mi padre y las formas de masticar iba a ser un punto de inflexión para mí. A lo mejor crees que soy estúpida por lo mucho que tardé en percatarme de que mis padres en realidad ya no se querían, pero yo siempre había creído que mis padres eran exactamente lo que aparentaban ser. ¿Por qué iba a pensar otra cosa?

Empecé a reparar en otros detalles sobre mamá, como, por ejemplo, que podía estar con el ánimo por los suelos, quejándose de todos y cada uno de los aspectos de su vida mientras hacíamos la compra, y entonces se tropezaba con una de sus clientas en el pasillo de los cereales y su conducta entera cambiaba de inmediato. «¡Hola, señora Fulanita!», entonaba prácticamente cantando como si de repente estuviese en un musical. Una sonrisa florecía en su rostro, y se le abrían tanto los ojos que parecía que se le iban a salir de las órbitas. Mamá siempre le preguntaba a la mujer en voz muy alta por la salud de su familia y, acto seguido, le mencionaba alguna clase de tragedia personal en un susurro conspirativo —como alguna mala noticia de médicos, el problema de algún marido con la bebida o un vecino al que la otra odiaba— antes de que mamá le colase un proyecto de decoración del que «habría que encargarse de inmediato, la verdad, si es que quiere mantener el valor de venta de su casa, porque, al fin y al cabo, *una reforma es la mejor inversión en su mayor inversión*». Mamá siempre hablaba y hablaba de que el hogar de una familia es su posesión de mayor valor, y que, aun así, era mucha la gente que no invertía en reformar con estilo. «¡Increíble! —voceaba cuando nos quedábamos a solas ella y yo—. ¡Qué necedad!».

Recuerdo perfectamente una vez en la que esto sucedió en la zona de restaurantes del centro comercial. Nos encontramos con la señora Shaeffer y su hija Rebecca, que estaba en mi clase, pero en realidad nadie la conocía porque siempre faltaba por culpa de un asma severa. Si aparecía por el instituto siete veces en un año, eso ya era mucho. Mamá le hizo a Rebecca un millón de preguntas sobre su salud, hasta el punto en que yo estaba empezando a sentirme incómoda por lo dolorosamente obvio que resultaba que Rebecca no quería hablar de ello. Recuerdo que no dejaba de chutarse su inhalador después de cada respuesta que le daba, aunque nadie diría que le faltase el aliento. Lo más curioso era que la señora Shaeffer observaba la conversación con una cara que daba a entender que adoraba a mi madre simplemente porque le estaba haciendo preguntas a su hija enferma y parecía preocupada. Tal vez nadie hablase nunca con Rebecca. No lo sé. Pero en cuanto mamá terminó con ella, hizo su jugada y le dijo a la señora Shaeffer: «Bueno, ¿está lista para sacar esa cocina del azul cristasol de los años setenta y llevarla al siglo XXI? Doblará su inversión el día que venda la casa. Garantizado. Es dinero seguro».

Parecía que la señora Shaeffer no tenía tanto interés en reformar su cocina o en vender la casa, pero tampoco quería contrariar a mi madre. Recuerdo haber pensado que mamá estaba acosando a aquella mujer para hacer que se gastara un dineral en algo que a la señora Shaeffer la tenía, digamos, indiferente. Y esa fue la primera vez que de verdad me desagradó mi madre. Aquel día la odié un poco por mucho que me diese perfecta cuenta de que su trabajo consistía en vender, y de que su capacidad para convencer a la gente de que reformase su casa era lo que pagaba el tren de vida del que nosotros disfrutábamos... salvo que, muy en el fondo, yo no estaba disfrutando realmente con «nuestro tren de vida», y estaba empezando a creer que papá y mamá tampoco.

Cuando nos alejamos de ellas, mamá volvió la cabeza por encima del hombro para asegurarse de que la señora Shaeffer y Rebecca no podían oírnos, y a continuación me dijo:

—Si estás demasiado enferma para ir a clase, ¿cómo puedes estar en el centro comercial atiborrándote de un salteado de comida china? Es repulsiva la manera en que permite que su hija coja tanto peso y le echa la culpa al asma. En la vida, gran parte es una cuestión mental, Nanette. Recuérdalo. Me alegro de no tener que preocuparme por tu cabeza... o por tu psique. ¿Cómo hemos sido tan afortunados?

—¿Por qué has presionado tanto a la señora Shaeffer para que reforme su cocina? —le pregunté, y en el preciso instante en que esas palabras salieron de mis labios lamenté haberlas pronunciado, porque temí que mi madre se las tomase como un ataque.

Sin inmutarse, mamá me dijo:

—Yo llevo la belleza, la clase y el estilo a los hogares de unas mujeres que de lo contrario serían anodinas. Contribuyo a su autoestima. ¿Sabías que un estudio científico ha demostrado que la vida sexual de las parejas casadas mejora después de redecorar la casa? Es cierto.

Resultaba evidente que mi madre se lo creía a pies juntillas y que ahora me estaba intentando convencer a mí, así que no dije nada más por mucho que yo tuviera el deseo secreto de vivir en una casa vieja y pasada de moda que transmitiese la sensación de haber sido vivida y de estar llena de misterio, de historia y de magia, al contrario que nuestra casa, que se parecía mucho a vivir en un catálogo que se renueva con regularidad. No quería ni imaginarme qué efecto tenía o no tenía eso en las prácticas de alcoba de mis padres.

Mi padre se gana la vida con algo relacionado con la bolsa, pero no estoy absolutamente segura de qué. Siempre está hablando de las subidas y las bajadas de las diferentes economías del mundo, igual que otras personas hablan del tiempo, y a mí me da la sensación de que la «economía global» no es más que un cuento de nunca acabar que los adultos se cuentan. Entiendo el principio básico de la bolsa de «compra barato y vende caro», pero eso es todo, aunque mi padre haya intentado que me interese más por mi cartera de valores.

Comencé a jugar al fútbol cuando tenía cinco años. Todas las niñas del vecindario estaban metidas en un equipo que se llamaba las Rainbow Dragons. Me gustaba el olor de la hierba, estar al aire libre y comer gajos de naranja en el descanso. Estaba bien que la gente viniese a ver los partidos y era muy divertido darle patadas al balón con todas tus fuerzas. Por algún motivo, yo era capaz de darle a la pelota con mayor precisión que las demás, y empecé a marcar prácticamente todos los goles del equipo. Me convertí en una jugadora muy rápida, y no me asustaba darle de cabeza al balón, ni siquiera cuando el entrenador lo despejaba muy alto en el aire y todas las demás se apartaban. Yo siempre corría *hacia* el balón y lo golpeaba antes de que él me pudiese golpear a mí.

Y así, mi padre se inventó un juego en el que invertía cien dólares en mi cartera de valores cada vez que yo superaba al portero del equipo contrario y enviaba el balón a la red. Cuando era pequeña, no entendía el concepto del dinero, la bolsa ni nada parecido, pero mi padre se volvía absolutamente loco cuando yo marcaba. Prácticamente hacía volteretas laterales en la banda, desgañitándose a berrido limpio. Eso me hacía reír de pequeña, por lo sorprendente que era. Mi padre apenas sonreía nunca, y no digamos ya gritar, dar silbidos y ponerse a bailar.

Me gustaba hacer que papá se pusiera como loco.

Siempre que marcaba, nos sentábamos juntos esa noche delante del ordenador, transferíamos dinero de su cuenta a la mía y realizábamos operaciones bursátiles invirtiendo el dinero que yo había ganado marcando goles. La verdad es que me daba igual mi cartera de valores, sobre todo porque nunca se me permitía sacar dinero para gastarlo, así que, ¿qué sentido tenía? Sin embargo, me gustaba sentarme en el regazo de mi padre y escuchar el entusiasmo con el que hablaba cada vez que salía el tema del dinero. Algunos niños juegan a la oca, al tobogán o a los columpios con sus padres, yo jugaba al Dow Jones y al Nasdaq. Así son las cosas.

Mi padre trabajaba mucho, y yo —aparte de la cena diaria— solo lo veía en mis partidos de fútbol o cuando me invitaba a su despacho en casa para invertir mi dinero de los goles. Como quería a mi padre, trataba de marcar tantos goles como pudiese con tal de mantener viva nuestra relación.

7. Habría sido horrible decirles todo aquello

Mi familia hizo unos cuantos viajes por carretera al norte y al sur a visitar universidades. Una de las cosas que me molestaban era que mis padres programaban los desplazamientos sin llegar a preguntarme si quería ir siquiera a la universidad. Se daba por sentado que sí, y ya está. Por aquel entonces pensaba que iría, la verdad, pero el hecho de que nunca me lo preguntasen me disgustaba de todos modos.

Hablé con Booker sobre esto en su salón, en aquel sofá picajoso de cuadros escoceses que parecía hecho con los pantalones de un viejo, y me dijo:

—La lucha está servida. Todo comienza ahora. Tienes que tomar unas cuantas decisiones auténticas.

—¿Qué decisiones? —le pregunté.

—Qué tipo de persona vas a ser.

—¿Qué tipos hay?

—No te hagas la tonta conmigo. Sabes muy bien que hay dos tipos.

—No tengo la menor idea de lo que me estás diciendo.

—A ver, está el tipo de persona que dice que hay ciertos tipos de personas y después trata de ser uno u otro tipo.

Y luego están los otros, que mandan al cuerno toda esa idea de los tipos y no permiten que los quiten de en medio bajo alguna clase de categoría increíblemente limitadora.

—¿De qué tipo eres tú? —le pregunté.

—Ah, yo no creo en eso de los tipos.

—¡Pero si me acabas de decir que hay dos tipos!

—Los que creen en los tipos y los que no.

—Estás consiguiendo que me duela la cabeza.

—¡Un cuerno!

—¿Qué? —le dije y me reí.

—La cuestión, joven Nanette, es no llevar encima un tipo como si fuera un juego de grilletes.

Más adelante, sentada en el asiento de cuero de la parte de atrás del todoterreno Mercedes Benz de mi madre camino de mi primera visita «extraoficial» a una universidad, no dejaba de sentirme como si de verdad llevara unos grilletes, como si me llevasen a rastras al mercado. Estas universidades querían mis pies, mis pulmones, mis cuádriceps y mis gemelos, mi estómago y mi frente, y querían que sudara por ellos y persiguiese una pelota por un campo de hierba e hiciese lo que fuera necesario para enviarla a una red. Me parecía un tanto primitivo cuando lo descomponía de esa manera. Se estaba celebrando una subasta. Mi goleador cuerpo estaba a la venta.

Delante, mis padres hablaban mucho sobre mi futuro, sobre todas aquellas carreras que podría escoger, los lugares a los que viajaría si jugaba al fútbol para tal o cual equipo universitario, algunos de los cuales tenían programados incluso viajes internacionales a Europa y Sudamérica; y las ventajas de las que disfrutaría de por vida al pertenecer a ciertas asociaciones de alumnos.

Seguí enfadándome conmigo misma porque me daba cuenta de que muchos chicos de mi edad de todo el mundo no tenían lo suficiente para comer ni acceso a agua potable, y allí estaba yo, sintiéndome prisionera en un lujoso coche de cincuenta mil dólares camino de varias universidades de entre las mejores que estaban deseando formarme gratis.

Comparándome con una esclava.

¿En serio?

No dejaba de reprocharme ser una desagradecida, y aun así no era capaz de sacudirme la sensación de que todo aquello era algún tipo de truco.

Sabía que era una privilegiada, pero ¿de qué servía serlo si continuaba sin poder tomar mis propias decisiones? ¿Sería un privilegio llevar en secreto mi desdicha toda la vida?

Y cuando estábamos en las universidades hablando con los responsables de admisiones, los entrenadores y jugadoras de fútbol, me mantenía en silencio, más que nada, y observaba a mis padres mientras charlaban con todo el mundo sobre mí como si yo no estuviera en la misma habitación. A veces decían «Esto está bien, ¿verdad, Nanette?», y yo me daba cuenta de que querían que hablase más y fingiese que de verdad me apetecía charlar con todos esos desconocidos. Sin embargo, a mí el paisaje no me parecía tan bonito como a mis padres, ni tampoco veía la «historia que hay en estos edificios». Ni la lista de asignaturas me resultaba igual de estimulante intelectualmente, ni los entrenadores tan impresionantes, ni las potenciales compañeras tan agradables como les parecían a papá y mamá. Y aun así sabía que habría sido horrible decirles todo aquello, así que no les decía nada. En lugar de eso, sonreía y asentía hasta sufrir calambres en los músculos de la cara y el cuello.

Mis padres no dejaban de preguntarme lo que pensaba, y yo seguía tratando de ganar tiempo diciendo: «No sé. Hay que tener en cuenta muchas cosas».

—Bueno —dijo mi padre en el coche una vez finalizado nuestro recorrido—. Después de visitar cinco universidades que prácticamente te han prometido una beca deportiva y académica para el año que viene, veo difícil que puedas equivocarte al elegir.

—Te envidio —me dijo mamá.

Y yo me quedé mirando por la ventanilla y mordiéndome la lengua hasta que me empezó a sangrar.

8. Acelerando un poco el proceso

Por las buenas, un día en la primera semana de agosto justo antes de que empezase mi último año de instituto, Booker me dijo que conocía a otra profesora de un instituto a media hora de coche.

—Otra chica solitaria que leyó mi libro en el momento justo, me escribió y después se hizo profesora de lengua.

Le pregunté si tenía fans dando clase en todos los institutos de los Estados Unidos.

Sonrió.

—Hay muchos chicos solitarios en este mundo; el problema es que los unos no saben de los otros. Si los jóvenes solitarios se pudieran unir, pasarían muchas cosas buenas, pero el mundo tiene un miedo terrible de que la gente solitaria se una, así que hace cuanto puede para mantenerlos separados.

—¿Por qué?

—Porque la gente solitaria suele tener grandes ideas pero ningún apoyo. La gente con apoyo con demasiada frecuencia tiene malas ideas, pero también poder, y uno no renuncia al poder. Nadie lo hace, con independencia de que tengan buenas o malas ideas. Nadie cede el poder sin una lucha larga y sangrienta, una lucha que suele implicar saltarse la ley. Es muy típico que la gente solitaria no soporte la traición, y eso supone otro problema. Tienden a decir la verdad y a jugar limpio. Así que necesitamos el arte, la música y la poesía para unir a la gente solitaria —Booker se me quedó mirando un instante, puso una sonrisa de complicidad y me dijo—: Creo que deberías conocer a un chico que me ha estado enviando poemas. Me gusta cómo escribe. Os llevaríais bien. Se hace llamar Pequeño Lex. Era alumno de la profesora que te acabo de mencionar. Ella le dio un ejemplar de mi libro, igual que Jared Graves te lo dio a ti. Él también se obsesionó con Wrigley, así que ya tenéis eso en común.

—¿Me estás haciendo de celestina? Nunca he salido con nadie, ¿sabes?

—Es un poeta con talento. Me recuerda a ti.

—¿Cómo? Yo no soy poetisa.

—Bueno, él me cae muy bien. *Tú* me caes muy bien. ¡Ata tú los cabos!

—¿Qué aspecto tiene?

—¿Importa?

—¡Por supuesto!

—Entonces vale, déjame que lo piense. Tiene tres cabezas, siete ojos, una nariz, dos lenguas bífidas, escamas por todo el cuerpo, rabo y...

—Va en serio.

—No lo sé. Nunca lo he visto en persona. No me envía fotos. Pero viene a cenar este sábado por la noche, y tú también. Le he contado todo sobre mi Nanette, y me da la sensación de que podríais acabar casándoos el uno con el otro y trayendo niños al mundo.

—¡Para ya! ¡No me puedo creer que me estés montando una cita a ciegas!

—Es una cena. No te pongas tan dramática. Vamos a comer. A tomar café. Hablar del tiempo. Quizá te lea uno de sus poemas. Con eso tampoco se va a morir nadie, ¿no? ¿Por qué etiquetar el evento como una cita? ¿Por qué no puede ser solo una conversación entre tres personas?

Sin embargo, cuando llegué a casa de Booker aquel sábado por la noche, de inmediato me di cuenta de que sin duda me la habían jugado para llevarme a una cita a ciegas. Unas velas parpadeaban sobre la mesa del comedor, un disco rayado de música clásica giraba en un tocadiscos antiguo que tenía pinta de ser varias décadas más viejo que yo, y una fuente de fresas cubiertas de chocolate hacía las veces de centro de flores. Un chico grandote, con las manos enormes y con el pelo rubio por los hombros estaba sentado presidiendo la mesa, y no dejaba de crujirse los nudillos, algo que, por alguna razón, me hizo confiar en él.

Booker me pasó el brazo por los hombros y dijo:

—Nanette, este es el Pequeño Lex. Pequeño Lex, esta es Nanette. Hablad entre vosotros mientras yo preparo nuestro festín.

Cuando Booker salió, el Pequeño Lex habló desde detrás de una cortina de pelo:

—Qué tal.

Me senté.

—No sé qué te habrá dicho Booker, pero...

—No te preocupes —me dijo—. Ya sé que todo esto es demasiada complicación para mí.

—¿Qué quieres decir?

Se encogió de hombros y se puso a mirar por la ventana.

—¿Te gusta el tío Buk? —le pregunté y señalé la parte de delante de la camiseta de Lex. Allí, un busto cuasi licántropo de Charles Bukowski gritaba en blanco y negro ante una vaso de plástico lleno de un vino tinto color sangre.

Bajó la mirada al rostro del viejo poeta y dijo:

—Me encanta.

—¿Le has estado enviando a Booker tus propios poemas?

—Sí.

—Qué bien. Entonces, ¿eres poeta, oficialmente?

—Booker me tiene tratando de evitar las etiquetas.

—A mí también.

Eché vistazo por la habitación unos instantes y oí al Pequeño Lex dando golpecitos en el suelo con la suela de una de sus Chuck Taylor a toda velocidad.

—Has leído *La parca de chicle*, ¿verdad? —le dije.

—Por supuesto.

—Lena Thatch.

—¿Qué pasa con ella?

—Estás dando golpecitos con el pie igual que ella. Cuando está en la cafetería y Wrigley la observa. El verdadero amor de Wrigley. Es Lena, ¿verdad?

—Podría ser Stella —dijo el Pequeño Lex mirándome a los ojos por primera vez.

—¿Por qué dices eso?

—A ver, la cuestión es esta —dijo, y me contó unas cuantas de sus teorías.

Hablamos de *La parca de chicle* durante no menos de media hora, y pronto descubrí que Lex había memorizado exactamente las mismas citas que yo y que había pasado por lo mismo que yo al leer la novela de Booker, salvo que su profesora de lengua de su segundo año de instituto le había dado una versión fotocopiada en lugar de un libro en sí, y que él creía que Stella era el amor verdadero de Wrigley mientras yo apostaba por Lena. En algún momento de la conversación descubrí que me lo estaba pasando increíblemente bien, que el tiempo se me iba volando como una bandada de pelícanos sobre el mar mientras tú te estiras tumbada en la toalla en un cálido día de verano. Me había tirado los últimos ocho meses entrando en el universo de *La parca de chicle,* pero sin nadie con quien compartirlo, porque no conocía a nadie más que la hubiera leído salvo a Booker, que me había prohibido hablar de la novela, y al señor Graves, que había desaparecido de manera oficial. Compartirla ahora con el Pequeño Lex era una forma de volver a vivirla por primera vez... pero a través de la mirada de otro.

—La primera vez que leí el final —dijo el Pequeño Lex—, cuando Wrigley dice que comprende a Ted el Improductivo y que abandona, cuando está flotando en el arroyo, ahí fue cuando todas las piezas me encajaron en la cabeza.

—¿Qué quieres decir? —le pregunté.

—Me di cuenta de que yo era capaz de abandonar.

—¿Abandonar qué?

En aquel preciso momento, Booker entró con una fuente grande de espaguetis, champiñones y espinacas.

—¡Italiano! —dijo con un gracioso acento italiano y comenzó a servirnos su creación en los platos. Cuando terminó, Booker se sentó y dijo—: Creo haber oído a alguien hablar sobre cierto libro que está prohibido en esta casa.

El Pequeño Lex y yo cruzamos una mirada.

—Eso se acabó —dijo Booker—. Lex, ¿por qué no nos lees algo de esa poesía tuya radical, vívida, que tanto le altera a uno la vida?

—¿Ahora? —dijo mientras se ponía rojo.

—Ah, solo se está haciendo el modesto —me dijo Booker—. Se ha traído su maletín, y estoy bastante seguro de que está lleno de poemas. Ya no puede aguantar más. ¡Que cante el poeta!

—*Tú* me has obligado a traerlos. ¡Me dijiste que sin ellos no me dejarías entrar! —dijo el Pequeño Lex.

—¿Te gustaría escuchar una muestra de la poesía del Pequeño Lex, Nanette?

—Me gustaría —dije—. Pero, por favor, no te sientas obligado.

—Le haré a Nanette una copia después de la cena, así la podrá leer más tarde. ¿Te parece bien eso? —le dijo a Booker.

—Es *tu* poesía —dijo Booker—. Nadie puede decirte lo que tienes que hacer con tu arte a menos que tú se lo permitas.

—¿Sigue dando clase tu profesora? —le pregunté a Lex en un intento por cambiar de tema porque me estaba empezando a sentir mal por él. Era obvio que Booker nos estaba presionando a los dos a unas situaciones para las que no estábamos preparados.

—¿Qué profesora?

—Se refiere a la que te dio mi libro —dijo Booker.

—Sí, sigue dando clase.

—Suerte la tuya —le dije.

—¿No sigue el profesor que te dio a ti el libro que no mencionaremos? —me preguntó Lex.

—No. Le asusté y se marchó —dije, para mi sorpresa.

—¿Qué hiciste?

—No lo sé —mentí al percatarme de repente de la incómoda senda por la que me adentraba con aquella conversación. Cuando Lex me miró con los ojos entornados y ladeó la cabeza a la derecha, añadí—: Es broma.

—¿Qué tal la comida? —preguntó Booker cambiando de tercio una vez más, tan solo por mi bien.

El Pequeño Lex y yo nos deshicimos en elogios hacia la comida, aunque estaba fría e insulsa. Le dimos unas cuantas vueltas al plato, nos comimos entero el pan templado, crujiente y con una buena ración de mantequilla, y, sin darnos cuenta, Booker estaba ya fregando los platos en la cocina, Lex y yo teníamos delante una tacita de café expreso, había descendido la intensidad de la luz, y teníamos en la barriga las fresas cubiertas de chocolate.

—¿Quedas siempre con Booker, entonces? —preguntó el Pequeño Lex.

—Es algo así como el abuelo que nunca tuve. Bueno, la verdad es que tengo dos abuelos, pero no los veo nunca. ¿Y tú?

—A mí me ha escrito unas cartas. Tengo ciento cuatro guardadas en una caja de zapatos en casa. Júntalas todas y tendrás suficientes páginas para crear otra novela de Booker. Aunque tengo prohibido enseñarle a nadie lo que ha escrito, claro. Hasta me dijo que sufriría «una muerte lenta y dolorosa» si alguna vez rompía mi «solemne promesa». Estoy bastante seguro de que lo decía en serio, porque me envió fotos de su colección secreta de espadas de samurái.

Nos reímos los dos, y luego él dijo:

—Mi profesora me pasó *La parca de chicle* después de que me ocurriera algo malo.

Me apunté que tenía que preguntarle a Lex qué le había pasado, y le dejé continuar. La cafeína le estaba haciendo hablar cada vez más y a una gran velocidad.

—Cuando regresé poniendo el libro por las nubes, la profesora me dijo que le escribiese una carta a Booker, y después de eso, no sé cómo, Booker y yo nos estábamos escribiendo una vez a la semana —echó un vistazo a la puerta de la cocina, bajó la voz y dijo—: Al principio me preocupaba un poco, como si pudiera ir buscando algo, porque, ¿a cuento de qué se iba a molestar en escribir a un chaval como yo? Aunque no se me ocurría qué podría querer. Ahora pienso que no es más que un viejo solitario. Tal vez se hubiera empezado a cartear con cualquier fan que le hubiese escrito.

Yo también bajé la voz.

—*Es* un solitario, pero no creo que se escribiese con mucha gente, la verdad. Creo que solo se relaciona con personas que son como Wrigley y la gemela que habla con las tortugas, fuera la Thatch que fuese.

—Quizá.

El Pequeño Lex era un chico grandote, corpulento, con los hombros caídos, pero llevaba su peso bastante bien, y tenía mucho pelo, de un color intenso, los ojos brillantes y una sonrisa amable. Lo que más me gustó de él fue que no parecía tratar de demostrar nada en absoluto... sin fingir nada.

—¿Y por qué te llaman Pequeño Lex? —le pregunté con mi tono de voz normal, convencida de conocer la respuesta.

Arrugó la cara como si acabase de probar algo ácido.

—No es una historia muy alegre.

—¿Y?

—¿De verdad quieres saberlo?

Cuando asentí, se agachó, metió la mano en su maletín de cuero y sacó un cuaderno maltratado y papel cebolla. A continuación calcó algo con un ritmo furioso —el lápiz bailó a gran velocidad durante varios minutos, el ceño se le fruncía y se le desfruncía— mientras yo miraba y me preguntaba por aquello. Luego, dobló la hoja de papel cebolla hasta formar un cuadradito y me lo pasó.

—¿Un poema? —le pregunté.

—Sí. No lo leas delante de mí, ¿vale? Este no lo ha leído ni siquiera Booker. Él quería que te leyese algún poema esta noche, pero es que... no puedo, ya está.

Cogí el trozo de papel doblado, me lo guardé en el bolsillo y le dije:

—¿Y por qué crees tú que Booker nos ha montado esta encerrona?

—No lo sé. Yo no se lo pedí. Solo quería conocerle, después de habernos escrito tantas cartas.

—Entonces, ¿de verdad es esta la primera vez que lo ves, en serio?

—Sí. Ya lo había intentado antes, pero Booker solía decir que nuestra amistad era «pura» porque se transmitía a través de las palabras, y que vernos cara a cara supondría arriesgarlo todo, lo cual me daba más ganas aún de conocerlo en persona. Además, acabo de sacarme el carné de conducir y conseguir un coche, así que esta es la primera vez en que podía venir de visita sin pedirle a mi padre que me trajese. Y Booker no conduce, ya sabes.

—¿Por qué no quieres pedirle a tu padre que te traiga?

—Supongo que solo quiero mantener separadas esas facetas de mi vida.

Asentí porque sabía exactamente a qué se refería. Pasar tiempo con Booker se estaba convirtiendo en una adicción, sobre todo porque era la única parte de mi día a día en que tenía la sensación de poder ser yo misma, o quizá la sensación de que había en el mundo una persona que no quería que me convirtiese en algo que yo no deseaba ser o que actuase de un cierto modo o que dijera amén a todo lo que los demás me imponían en mi vida. Yo también había mantenido a mis padres al margen de Booker, porque me daba miedo de que ellos lo contaminasen con sus ideas sobre mi futuro, su visión de quién debería ser yo. La mitad de las veces que estaba con Booker, mis padres creían que había salido con mis compañeras de equipo.

—¿Te parece raro que Booker nos haya engañado para traernos a una cita a ciegas y que ninguno de los dos parezca molesto? —le dije a Lex—. Yo no lo estoy. ¿Y tú? A ver, podrías estar fingiendo, pero pareces bastante cómodo con lo de esta noche.

Parpadeó unas cuantas veces como si le hubieran sorprendido mis palabras y, después, las frases que salieron de sus labios fueron maravillosas y tristes al mismo tiempo.

—¿Honestamente? Esta es la mejor noche que he pasado en años. Puede que en toda mi vida.

—¿En serio?

Asintió con un cierto exceso de entusiasmo, y pude ver la cara del niño todavía oculto detrás de aquel pelo largo y la sombra de la barba, pero era mono, y de pronto me di cuenta de que tal vez aquella fuese la mejor noche que había pasado en años, yo también.

Charlamos un poco más delante de nuestros cafés antes de «retirarnos» al porche acristalado de Booker a jugar una partida de Scrabble que ganó Booker más o menos por treinta puntos de diferencia al situar la palabra «xi» en un cuadro de triple punto de palabra y sin parar de picarnos en todo momento, aunque a Lex y a mí no nos importase realmente perder.

Cuando terminó la partida, Booker y yo acompañamos a Lex a su coche —un flamante Jeep Wrangler Unlimited descapotable— y nos despedimos con torpeza, en especial porque Booker dijo:

—¡Nada de besar a mi niña en la primera cita! ¡Que tengo la escopeta ahí dentro! ¡Que te abro en el estómago un boquete como un balón de grande, si no la tratas bien!

Al pobre Lex se le puso la cara lívida —no porque pensase que Booker pudiera llegar a ser nunca violento, sino porque nuestro ídolo estaba sacando a relucir nuestra lujuria adolescente antes de que nosotros la hubiésemos afrontado como es debido— y a continuación se marchó en su coche sin decir nada más.

—¿Qué pretendes? —le pregunté a Booker—. ¿Por qué nos has humillado de esa manera?

—Solo os estoy acelerando un poco el proceso. ¡Que no vais a ser jóvenes para siempre! Deberías leer el poema «Annus Mirabilis» de Philip Larkin. Algún día me lo agradecerás.

—¿Qué?

—Y cuando leas ese poema que llevas en el bolsillo, te pondrás como loca. Ese chico tiene talento, y también un corazón impresionante.

—¿Estabas poniendo la antena todo el rato desde la cocina?

—¡Por supuesto!

—Eres un viejo loco.
—¡Esa es la mejor clase de viejo!
Esa noche, en mi cuarto perfectamente decorado por mi madre en cuyas paredes de color verde pistacho no se me permite colgar una sola cosa, abrí el papel cebolla doblado.

9. Con tal de librarse de los cañonazos

EL PEQUEÑO LEX
de Alex Redmer

«Llamadlo PEQUEÑO —dijo uno de ellos—, porque no lo es»,
y empezaron a llamarlo PEQUEÑO Lex.
Gordo, era él, redondo, bajito y asustadizo,
como un meteorito, del cielo caído,
que se pregunta dónde aterrizó y por qué
y jamás obtiene respuesta mientras se enfría.
Y empezó a poner cara de dolor cuando lo llamaban PEQUEÑO,
y vomitó en la taquilla del vestuario aquella vez
que le quitaron la camiseta y le azotaran con las del resto.
Y le castigaron, entonces,
por llegar tarde a clase,
por ir sin camiseta,
por no ser PEQUEÑO.
Y le preguntó a su padre por qué,
pero su padre no lo sabía,
y a sus profesores no parecía importarles,

porque recompensaban a quienes colgaban
crueles apodos a aquellos a quienes los profesores nunca premiaban.
Y así fue,
y siguió siendo, y continuó y siguió siendo así,
pero el Pequeño Lex creció, alto como un roble,
o como un cohete.
Y no fue ya redondo, sino cuadrado,
y sus manos pesaban como dos balas de cañón,
sus puños capaces de arrancar de golpe
la luz de los ojos de los difamadores, lo cual sucedió
en más de una ocasión.
Tan fácil como sofocar una vela
tras humedecerte los dedos.
Y llegó la sangre al río,
y los abogados detrás,
y el director convocó una reunión,
y todos coincidieron en desterrar
el nombre del PEQUEÑO Lex
con sus manos, balas de cañón.
Y el chico se apodó PEQUEÑO Lex
y rechazó cualquier otro mote
por mucho que no quisieran
llamarlo PEQUEÑO ya.
Los obligó, él,
a profesores,
a padres,
al director,
a todos.
«¡Llamadme PEQUEÑO, o si no…!», les dijo.
Y ellos lo hicieron,

con tal de librarse de los cañonazos,
para que la sangre siguiera en su sitio,
en el cuerpo de los difamadores.
Y él se alegró de tener elección,
y no tuvo
miedo ya,
y nadie le quitó la camiseta
ni le clavó un dedo huesudo en la blanda barriga,
ni le impuso un injusto castigo,
ni se rio de él cuando le llamaban PEQUEÑO.
Pero él sentía la soledad,
por poca que fuera,
de echar de menos al antiguo Alex,
ALEX A SECAS,
que jamás hizo daño a nadie.

10. Enchufemos los móviles y durmamos juntos

El Pequeño Lex había escrito su dirección de e-mail al final del poema, junto a su número de móvil.

Estábamos intercambiando mensajes de texto cinco minutos después de que terminase de leer «El PEQUEÑO Lex», y después pasamos a hablar por FaceTime con nuestros iPhones, los dos con la cabeza metida bajo las sábanas, iluminadas por las pantallas como si fueran linternas en tiendas de campaña.

Hablamos sobre su poema.

Hablamos sobre *La parca de chicle*.

Hablamos sobre Booker.

Hablamos incluso sobre nuestros padres y sobre los chicos de nuestros institutos, y de que ambos nos sentíamos un tanto perdidos... y qué maravilloso fue ser tan sincera con alguien de mi propia edad, alguien que también conocía al «gran solitario invisible» del que Booker habla en su novela.

Mencioné el poema «Annus Mirabilis» de Philip Larkin, y Lex me dijo:

—El título significa «año de prodigios» en latín.

—¿Cómo lo sabes? ¿Es que das latín?

—No. Lo busqué la primera vez que leí el poema. ¿Quieres que te lo lea? Tengo el libro aquí mismo.

Lo leyó con esa voz tan seria suya.

Va de sexo.

Cuando terminó, guardamos un completo silencio un rato demasiado largo, así que nos reímos para despejar la incomodidad.

Dado que se menciona en el poema, buscamos en Google la «prohibición Chatterley» y así supimos de D. H. Lawrence y la controversia que rodeó su libro *El amante de Lady Chatterley:* al parecer lo prohibieron por ser pornográfico, por más que la sinopsis suene increíblemente aburrida en relación a los principios morales de la actualidad. Algunas páginas web dicen que trata de que uno no puede estar realmente vivo sin experiencias sexuales intensas. Otras dicen que es sexista, o una fantasía masculina.

—¿Por qué te ha dicho Booker que leas *ese* poema? —me preguntó el Pequeño Lex.

—Tal vez porque trata de algo más que sexo. Es sobre el paso del tiempo, creo yo. Y de la elección del momento. Y de perderte las cosas buenas a causa de las creencias de los demás.

Y luego hablamos un poco más sobre *La parca de chicle* y sobre que Booker podría estar interpretando un papel delante de nosotros, porque muy en el fondo de aquel viejo habitaba una tristeza que casaba bien con el poema de Larkin.

En un momento dado de aquella primera videoconferencia por FaceTime, empecé a llamar «Alex» a mi nuevo amigo en lugar de «Pequeño Lex», y él no me corrigió, cosa que me pareció significativa después de haber leído el poema que él había calcado.

Alex me leyó más poemas de la recopilación que Booker le había enviado por correo como un regalo, y fue entonces cuando caí en la cuenta de que el viejo sabía que Alex y yo tendríamos una charla posterior a la cita y por eso me había plantado la semilla del «Annus Mirabilis» en la cabeza, para que tuviéramos un buen tema de conversación. Booker sabía que yo buscaría y leería cualquier cosa que él me comentase o recomendase, de manera que me sentí como si el viejo estuviera jugando una especie de partida de ajedrez con el amor juvenil y que nosotros éramos las piezas, y Booker iba ganando.

Hablamos mucho sobre un poema titulado «Ventanas altas» que Alex me leyó. Al principio pensé que este también iba de sexo, pero en realidad trata de la posibilidad de que no haya absolutamente nada por encima de nosotros cuando alzamos la mirada a través de una ventana alta, de modo que tal vez no haya un dios, ni nada, lo cual suena deprimente, pero Larkin hace que parezca bien, incluso bello, que es algo así como un alivio.

—¿Crees en Dios? —le pregunté a Alex.

—No lo sé. ¿Y tú?

—Yo tampoco lo sé.

Y entonces hablamos de Dios un rato largo e hicimos una lista de todas las cosas que te dan ganas de creer en Dios, como las puestas de sol, los lirios, el té chai con crema de leche vaporizada, la música indie, esos actos de caridad anónimos y tan sorprendentes, y los libros, las películas y la poesía. Pero después hablamos de todas las cosas que te dan ganas de abandonar por completo la idea de un dios, como la guerra y la pobreza, la enfermedad y los psicópatas que disparan a la gente en una sala de cine o en los centros comerciales, y esos amigos que te dejan tirado y se vuelven mezquinos conforme se van haciendo mayores, y el acné y la necesidad de cuartos de baño, y aguantar el absurdo de la educación de un instituto público, aunque Alex dijo que él había ido a un colegio privado en primaria y que había sido todavía peor.

—Nos enseñaban que éramos mejores que todos los demás que no estaban inscritos en nuestro colegio, y nosotros nos lo creíamos. Era horrible.

Cuando estábamos siendo sinceros, resultaba más sencillo rellenar la lista «anti-Dios», aunque me daba la sensación de que ninguno de los dos deseaba que fuera así.

Booker también le había hablado a Alex sobre Charles Bukowski, así que nos turnamos para leer sus poemas. Alex me leyó uno sobre un pájaro, titulado «El azulejo», del que yo no había oído hablar.

Iba sobre esconder algo muy bello en tu interior.

Me encantó.

—¿Tú lloras alguna vez? —le pregunté a Alex, porque en el poema, Bukowski dice que él no lo hace.

—Mmm —dijo mientras apartaba la cara de la cámara del iPhone—. ¿Sí? Yo no soy Bukowski, digo yo.

Por alguna razón le conté lo que sucedió cuando intenté besar al señor Graves y que acabé sollozando en la enfermería, en la camilla detrás de la cortina blanca. Alex fue la primera persona a la que se lo conté, y, para mi gran sorpresa, no conseguí asustarlo. Se limitó a escuchar, y después me dijo:

—Siento que te pasara eso.

Y qué maravillosamente bien me sentó sacar aquel secreto de dentro de mí, saber que Alex no me odiaba por haberle dicho la verdad y que no pensaba que fuera un putón o una colgada.

Solo para asegurarme, le dije:

—Debes de pensar que soy una ninfómana... al tratar de besar a mi profesor.

—Suena a que estabas confusa, nada más. Yo me confundo constantemente —me dijo, y eso me dio ganas de besar a Alex.

Después hablamos un montón de nuestros padres y de que no queríamos convertirnos en ellos, pero tampoco teníamos otros modelos de comportamiento, o «mapas», no dejaba de decir Alex.

—Mi padre es un mapa horrible, sobre todo porque nunca me conduce a ninguna parte.

Y yo pensé en mis padres como unos mapas que me conducían a lugares donde yo no quería ir... y tenía un sentido brutal, lo de utilizar la palabra «mapas» para describir a los padres. Prácticamente te daba la sensación de que podías doblar a papá y a mamá, meterlos en la guantera del coche y tal vez conducir tranquila el resto de tu vida.

Hacia el final de nuestra colosal conversación, Alex y yo estábamos allí tumbados y poco más, mirándonos la cara el uno al otro a través de las pantallas de nuestras maquinitas, algo que ahora suena raro, pero entonces era perfecto, como si ambos estuviéramos cansados de estar solos y no quisiéramos decirnos adiós.

Alex tenía un rostro maravilloso.

Lo estudié píxel por píxel.

Podía haber estado mirándolo toda la vida.

—Enchufemos los móviles y durmamos juntos —me dijo—. No tenemos que despedirnos.

—Vale.

Y así nos quedamos dormidos sin apagar los teléfonos, y me hizo sentir bien, segura, tenerlo allí conmigo.

Cuando me desperté a la mañana siguiente y miré la pantalla, estaba en blanco. Debió de apagarse en plena noche. Quise llamarlo de inmediato para continuar con lo que fuera que habíamos iniciado. Y entonces caí: por primera vez, sentí que sabía por qué a las chicas se les iba la cabeza con tanta frecuencia cuando estaban encendidas o enamoradas, cómo Shannon se pudo quedar embarazada, y cómo se unieron mis padres hace ya tantos años.

El amor y el deseo eran una locura que lo amenazaba todo, y aun así, si estabas en celo, te daba lo mismo.

11. Las tendencias sexuales de los chicos en la adolescencia

Conocí a Shannon en el primer entrenamiento de las Rainbow Dragons. Nos habían apuntado nuestros padres. Me encontraba de pie al margen, esperando a que sucediera lo que fuese que estaba a punto de pasar, y se me acercó aquella niña bajita con el cabello negro y reluciente, me cogió de la mano y me llevó hasta el grupo de niñas que estaban esperando a que soltasen los balones de la red que llevaba el entrenador.

—Me llamo Shannon Welsh. ¿Nos hacemos amigas? —me dijo, y yo asentí.

Poco después, el hecho de que Shannon me eligiese parecía destinado a producirse, porque ella llegaría a desarrollar el mejor pase al área de todo el equipo. Fue una de las primeras niñas capaces de elevar el balón en el aire y hacerlo con alguna precisión, así que nuestros entrenadores enseguida nos emparejaban formando un equipo dentro del equipo. La mayor parte de las veces en aquella primera época, la estrategia consistía en pasarle la pelota a Shannon a la espalda de los defensas y hacia el banderín (el córner del otro equipo), y entonces Shannon superaba en velocidad al defensa mientras yo corría hacia la portería. Ella me pasaba el balón al área, al pie o a la cabeza, y yo marcaba. Esto lo hicimos en cientos de ocasiones, durante toda la época del equipo de niñas del vecindario, después en los equipos más mayores, y finalmente en el primer equipo del instituto, para el que nos seleccionaron a las dos en nuestro primer año.

Shannon ha dicho con frecuencia que yo soy su mejor amiga, aunque yo nunca haya aceptado el puesto de manera oficial. Al contrario que yo, Shannon es femenina a más no poder, siempre experimentando con el maquillaje, peinados diferentes y productos de bronceado. Es guapa fuera del campo, pero es *más* guapa dentro del campo, con el pelo recogido en una simple coleta, la camiseta empapada de sudor y un mínimo maquillaje... pero ella no se lo cree.

Siempre supe que Shannon y yo éramos distintas. Ella era muy habladora cuando estábamos en grupo, y yo no. Fue la primera chica de nuestra clase en tener novio, y eso sucedió en tercero, con nueve años. Incluso llegó a nombrarme dama de honor en una parodia de boda en el jardín de su casa, lo cual me sentó como si alguien me hubiese metido bajo la piel unos cables eléctricos pelados, aunque no me quejase.

En secundaria, a los doce, ya estaba haciendo felaciones a los chicos más mayores del instituto, que tenían toda la pinta de aparecer solo cuando querían una mamada. Ella me lo contaba todo con pelos y señales, casi como si estuviese tratando de ponerme celosa o de demostrarse a sí misma que de verdad disfrutaba con aquello, cuando no dejaba de ser dolorosamente obvio que la estaban utilizando.

Lo peor era que ella sabía que la estaban utilizando, y *todo el mundo* sabía que esos chicos eran unos gilipollas integrales, pero Shannon decía que le encantaba el sexo. Y puede que *sí* que le encantase, no solo la atención que recibía de los chicos más mayores del instituto y el alcohol que ellos le daban en agradecimiento, sino también la propia sensación del sexo en sí. Y, si he de ser sincera, puede que ese fuera el motivo de que yo tratase de besar a mi profesor. La sensación era *agradable*.

Dejando todo eso aparte, los chicos mayores le contaron a sus amigos lo fácil que era conseguir que se la chuparan las chicas de secundaria, y poco tiempo después teníamos a todos los chicos del instituto pasándose a diario por nuestro edificio y preguntándonos a las que no teníamos coche si necesitábamos que nos llevasen a casa y si, tal vez, nos apetecía beber algo. Tanto Shannon como otras chicas de las Rainbow Dragons se subieron a esos coches hasta que los padres se enteraron de lo que estaba sucediendo, y el padre de alguna hizo intervenir a un abogado.

Mi madre me preguntó si alguna vez me había subido yo en «uno de esos coches de los juerguistas que pasan por delante del colegio buscando una mamada», y cuando le dije que no lo había hecho, me preguntó por qué no, lo cual me confundió.

—Ha llamado la madre de Shannon. Según parece, tu mejor amiga era una de las fijas, pero ha dicho que tú nunca ibas. ¿Por qué?

—¿Es que *querías* que fuese?

—Por supuesto que no.

—Entonces, ¿por qué me preguntas eso?

Mamá me miró un largo rato y al final dijo:

—¿Te gustan los chicos?

—¿Qué? —le dije, aunque me daba cuenta de que mi madre me estaba preguntando si era lesbiana.

—No pasa nada si no te gustan. Yo solo quería…

—¿Podríamos *dejar* de hablar de esto?

—Perfecto —dijo mamá, y salió airada de la habitación, como si yo la hubiese ofendido a ella.

Durante años he pensado en esa conversación y en lo que significaba. Jamás me dijo que estuviera orgullosa de mí por no irme con los chicos mayores, ni tampoco dijo que a partir de ese instante tuviese en menor consideración a Shannon, una de las favoritas de mamá cuya presencia en nuestra casa era habitual; solían hablar de consejos de belleza. Y entonces me percaté de que no seguir la corriente de la mayoría —aunque eso supusiera no practicar sexo oral con chicos más mayores que tú— te podría hacer parecer rara, o extraña.

Mi padre jamás me dijo una palabra sobre lo que mis amigas llamaban en tono de broma «el escándalo sexual de secundaria».

Sin embargo, por supuesto, Shannon me preguntó por qué yo nunca iba con ellas. Eso fue, quizá, un mes después de que los padres pusieran fin a esos paseos sexuales en coche. Estábamos en su cuarto, y Shannon iba ya por la mitad de una de las numerosas botellas de licor de melocotón que sus rollos del instituto le regalaban a cambio de las mamadas.

—¿De verdad te crees mejor que nosotras? —me preguntó un poco achispada, y se echó a reír—. ¿Solo porque nunca te lo has pasado bien con un chico? ¿O es que no te gustan los chicos?

—No quiero hablar sobre eso, ¿vale?

—Va-le.

Los rumores sobre el lesbianismo comenzaron el día siguiente en el colegio, los chicos se llevaban las manos a la

boca para estornudar y decían a toda velocidad: «Mmm...
bollera».

Qué increíble me parecía todo aquello, y algo más que
un poco deprimente.

Lo curioso del tema es que yo estaba absolutamente
segura de que Shannon había iniciado esos rumores, o al menos no me había defendido, porque ella gozaba de la suficiente popularidad para detenerlos, pero yo, de todas formas, seguía fingiendo que las dos éramos amigas. Shannon
hizo lo mismo. Ella acumulaba pases de gol en el campo de
fútbol. Yo marcaba montones de goles. Nuestros entrenadores y padres decían que formábamos el tándem perfecto, así
que intenté no hacer nada que fuese a estropear nuestra
«química futbolística», y todos los adultos que formaban
parte de nuestras vidas fingieron no reparar en que Shannon tenía la costumbre de estar borracha y de mantener relaciones sexuales con un chico distinto cada cierto número de
semanas. Para ser justos, hay que decir que muchas de las
chicas de mi edad estaban haciendo exactamente lo mismo.
¿Quién sabe? Quizá lo de las mamadas fuera un rito de paso
natural, una actividad extracurricular maravillosamente reconfortante, y yo me la estaba perdiendo... Yo era una de las
raritas.

Aunque ni siquiera se trataba del sexo. Yo no tenía nada
en contra del sexo. Tenía tantas ganas de probarlo como
todo el mundo. En un principio me resistía a la mentalidad
colectiva al respecto del tema. A chupársela a los mayores
porque todo el mundo lo hacía. A beber porque todo el
mundo lo hacía. Si se hubiese tratado de «ir al colegio montada en un camello porque todo el mundo lo hace», aun así
me habría resistido, porque yo no quiero ser como todo el

mundo. ¡Y me encanta montar en camello! Shannon lo odia. Lo sé porque nos montamos en uno en el zoo cuando estábamos en segundo. Hay una foto muy graciosa: yo, saludando sonriente entre las dos jorobas, mientras Shannon chilla y llora montada en un camello a mi espalda. Y ya que estoy siendo sincera, había una parte de mí —incluso de pequeña— que disfrutaba de montar en camello simplemente porque a Shannon no le gustaba. Estaba tan cansada de hacer todo lo que a ella le gustaba que parecía una redención hacer algo que ella odiaba, o, dicho de un modo más preciso, *no hacer* algo que ella adoraba.

—Deberías ir a más fiestas, Nanette —me decía mi madre cuando empecé a quedarme en casa a leer los fines de semana—. Tienes que ser más sociable. Como Shannon.

Los rumores de lesbianismo cesaron de manera repentina cuando pasamos de curso y entramos en el instituto, y estoy bastante segura de que Shannon también tuvo algo que ver con eso, porque fue el año en que su madre salió del armario y dejó a su padre. Shannon y su madre se mudaron a la otra punta de la ciudad, a vivir con una abogada a la que la madre de Shannon conoció, curiosamente, a raíz del «escándalo sexual de secundaria». Por aquella época, Shannon dejó de ir a las fiestas y se pasaba gran cantidad de tiempo en mi cuarto llorando y contándome todos sus secretos, como por ejemplo a qué tíos se la había chupado y a quiénes se había llegado a follar. Yo la escuchaba, más que nada, porque pensaba que era lo que debía hacer.

A pesar de todo ello, se apuntaba más pases de gol, y yo los marcaba, y el equipo de nuestro instituto ganó muchos partidos mientras mi padre animaba como un loco desde la banda y mi cartera de valores crecía.

Después de que yo besase al señor Graves y él dejara de quedar conmigo en la hora del almuerzo, Shannon no paraba de preguntarme qué me pasaba, y me decía que era obvio que estaba deprimida. Más de una vez me sentí más que tentada de contarle la verdad, pero entonces recordaba todos aquellos comentarios homófobos que tuve que soportar durante nuestra etapa de secundaria, y los yuxtaponía con el hecho de que Shannon era ahora la presidenta de la Liga Homo-Hetero del instituto —a la que yo misma estaba orgullosa de pertenecer en representación de los heteros—, y de algún modo sabía que no debía permitir que Shannon viese ninguna faceta real de mi vida.

Se quedó embarazada en nuestro penúltimo año de instituto.

Ni siquiera estaba segura de quién era el padre, así que no se lo contó a ninguno de los chicos con los que se había acostado. Según nuestras cuentas, había tres candidatos. Lo sé porque yo fui la única a quien le habló de su embarazo, y me lo contó *todo*. El último periodo lo había tenido por lo menos diez semanas antes, y se había pasado prácticamente dos meses aterrorizada en secreto. Lloró desconsolada cuando me lo contó. Nos quedamos toda la noche despiertas un fin de semana, elaborando listas de pros y contras para que Shannon pudiera decidir si abortaba o no. Por la mañana, había decidido que sin duda pondría «fin al embarazo», así que fuimos a la cocina y les mostramos los test de embarazo a sus dos madres.

A la madre biológica de Shannon se le fue la cabeza por completo, pero no le gritaba por estar embarazada, sino por haber «permitido» que sucediese.

La madrastra de Shannon, Joyce, se lo tomó con más calma y le rogó a la verdadera madre diciéndole:

—Han hecho una lista de pros y contras. ¿Cuántas crías harían eso en un esfuerzo por prepararse para esta conversación?

A aquellas alturas, Shannon estaba sollozando, y yo no dejaba de mirarme las manos.

Acompañé a Shannon y a sus madres a la clínica ginecológica donde realizaban los abortos, para acabar descubriendo allí que Shannon, de algún modo, había sufrido un «aborto espontáneo» y ni se había enterado —por lo visto, el corazón minúsculo de un bebé puede dejar de latir sin más—, lo que todo el mundo coincidió en calificar de «bendición», así que nos marchamos a cenar a un sitio caro en el centro, un francés que se llamaba Parc, y nunca jamás volvimos a hablar sobre lo que había sucedido.

Mi amiga empezó a tomar la píldora y no dejaba de decirme que yo debía hacerlo también, por mucho que no fuera sexualmente activa.

Lo más gracioso era que, al comienzo de cada temporada de competición, todos los deportistas de nuestro instituto teníamos que firmar un contrato que decía que no podíamos beber alcohol, consumir drogas ni tabaco de ninguna clase, y casi todos lo incumplían semanalmente y se reían de mí por tomármelo en serio, porque ellos no sabían nada de las mimosas que me tomaba con mamá los domingos por la mañana.

Mi padre me dijo una vez que él bebía cerveza en el instituto, y después añadió: «Una o dos cervezas no tienen nada de malo. Tú mantente apartada de los licores, ¿vale?», y supe que me estaba dando permiso para beber, pero aun así no lo hice. Es que no quería beber, y no me gustaba ir a las fiestas en las que Shannon se emborrachaba tanto que apenas se tenía en pie y acababa acostándose con alguien en la cama de los padres de otro.

Todo aquello me resultaba muy deprimente.

Solía tratar de hablar sobre ello con el señor Graves, y él me decía «No quiero saberlo», y se tapaba los oídos. Ahí fue donde me di cuenta de que no había nada que él pudiese hacer. Tenía que fingir que sus alumnos eran unos chavales realmente listos y serios destinados a convertirse en el tipo de adultos que cambiarían el mundo de manera definitiva —su creencia en el poder de la enseñanza así lo requería—, y empecé a comprender lo difícil que era para un profesor tirarse todo el fin de semana corrigiendo trabajos y preparando clases para una panda de críos alcohólicos y desquiciados con el sexo.

—¿Sabes cómo acaba la mayoría de esos chavales alcohólicos y desquiciados con el sexo? —me dijo Booker una vez—. Convirtiéndose en sus padres alcohólicos y desquiciados con el sexo.

Y entonces pensé en que todo el mundo sabía que el padre de Shannon siempre estaba en el bar del pueblo, bebiendo y, según mis padres, «entrándole a cualquier cosa que tenga un par de domingas». Se había labrado una mala reputación después de que la madre de Shannon le dejase por una mujer. Era casi como si estuviera tratando de demostrar su virilidad o algo por estilo. Y las dos madres de Shannon bebían mucho vino también. Cuando me pasaba por casa de Shannon, siempre había por lo menos una botella abierta y unas copas servidas. Di por sentado que probablemente Carol y Joyce se hubieran enrollado mientras los padres biológicos de Shannon aún seguían casados.

Se me metió en la cabeza el disparate de que si yo evitaba el sexo y el alcohol, eso tal vez significaba que mis padres no eran unos alcohólicos desquiciados con el sexo.

Quizá siguieran casados y fueran felices.

Quizá mi madre no odiase la forma de masticar de mi padre, y quizá él le volviese a pasar a ella el brazo por el hombro tal y como hacía cuando yo era pequeña.

Sabía que era una bobada creerlo, pero servía de ayuda.

Era algo que estaba en mi mano.

Y ni siquiera me costaba... hasta que conocí a Alex.

Paradójicamente, Alex no daba la impresión de tener el más mínimo interés en el sexo. Ya había asistido sobria a suficientes fiestas para conocer las tendencias sexuales de los chicos en la adolescencia, ese modo suyo de meter prisas de la misma forma en que aporrearían la puerta del cuarto de baño cuando tienen la vejiga a reventar de cerveza y dicen «¡Venga, que de verdad tengo que entrar!», como si las chicas estuviéramos ahí dentro limándonos las uñas o quizá leyendo un libro. Ya los había visto inclinarse demasiado cerca durante las conversaciones. Había visto sus manos posarse como si nada en los muslos de mis compañeras de equipo, y había visto a mis compañeras hacer como si no se percataran. Había visto a los chicos, incluso, colocarse los genitales en plena charla con mis compañeras de equipo porque estaban excitados, y a ellas las había visto hacer como si no lo hubieran notado, aunque todas ellas hablaban con todo lujo de detalle sobre las pollas de los tíos cuando ellos no estaban delante. Y a mí nunca me ha interesado nada de eso.

Me solía preocupar ser asexuada o algo parecido, pero cuando Alex y yo nos fuimos conociendo, dando largos paseos en su Jeep descapotable, yendo a ver películas de arte y ensayo, leyéndonos poemas el uno al otro en los bancos de los parques de la ciudad, comencé a darme cuenta de en qué consistía la atracción sexual. Me sorprendí con la mirada puesta en diferentes partes del cuerpo de Alex con el deseo de explorarlas, no porque todas las chicas de mi equipo lo hubieran hecho ya, sino por lo apropiado que me parecía de repente, tan natural, tan real. Y también empecé a preocuparme porque Alex no me ponía a mí la mano en el muslo, ni se inclinaba demasiado, ni me agarraba. Él se limitaba a escuchar todo lo que yo tenía que decir, y notaba que lo hacía con verdadero interés, lo cual me generaba la preocupación de que no me considerase guapa. Aquel temor era nuevo para mí. De pronto, deseaba ser atractiva, sentirme adorada, deseada.

12. Decenas de rayos láser mortales

—Quiero dejar el fútbol —le dije a Booker, sentados en el banco de su jardín junto a don Quijote y sus molinos. Estábamos tomándonos unos vasos de limonada bien fría recién hecha y aderezada con hojas de menta cogidas del jardín del propio Booker—. No tengo ninguna gana de jugar en mi último año de instituto.

—No puedo tener otra vez esta conversación. Si a estas alturas no lo has dejado ya, nunca lo harás. La comunidad futbolística te ha lavado el cerebro a base de bien.

Era cierto que ya me había pasado toda la temporada invernal en el pabellón cubierto diciéndole que lo dejaba, y también después del campeonato de primavera, y también después de las sesiones de verano con los entrenadores jóvenes semiprofesionales que venían de Inglaterra y que siempre acababan en nuestras fiestas y acostándose con mis compañeras, todas ellas enamoradas de su acento. Pero todo eso fue antes de Alex.

—Mañana mismo lo dejo. Voy a llamar al entrenador y a decirle que se acabó —aseguré en tono muy desafiante, pero no lo hice.

La gota que por fin colmó mi vaso fue una charla de Shannon, en un abrasador día del mes de agosto, en el primer entrenamiento oficial de nuestro último año de instituto. El entrenador Miller nos había dado una paliza con la preparación física: regates a toda velocidad y esprints de pase; largos ejercicios de ataque y defensa, aparentemente interminables, y lo que menos me gustaba, cuando formaba unos cuadrados con conos y había que hacer rondos durante veinte minutos, y si alguna dejaba de estar en movimiento aunque solo fuera unos segundos, todo el equipo tenía que esprintar durante un kilómetro y medio y volvíamos a empezar. El entrenador siempre cazaba al menos a una, y aquel día nos tocó hacer dos esprints antes de llegar a completar los veinte minutos. Durante todo el entrenamiento, no dejé de pensar en Alex y en que sin duda preferiría estar en cualquier otro sitio, a solas con él diciendo lo que pienso y charlando sobre literatura, en lugar de hacer la preparación física con unas chicas que ni me caían bien, ni comprendía lo que hacían, todo ello en un esfuerzo por darle una patada al balón y enviarlo a la red más veces que las chicas de otros institutos.

Al final de cada entrenamiento, nos sentábamos todas entre los palos de la portería, y el entrenador nos soltaba un discurso antes de dejar el mando a las capitanas, momento en el cual se suponía que Shannon y yo debíamos dar una charla motivadora y hablar de cualquier preocupación al respecto de la cual las demás chicas no se sintiesen con la comodidad necesaria para planteársela directamente al entrenador. Shannon siempre asumía ese papel de liderazgo con una gran facilidad, algo que resultaba casi cómico, porque en cualquier otra de las facetas de su vida —cuando no se dirigía a un grupo de chicas con espinilleras y metidas en una portería de fútbol— tendía a seguir los sórdidos planes que los chicos tenían para ella. Y yo me preguntaba si Shannon seguía los planes que el entrenador tenía para ella del mismo modo en que se metía en aquellos coches llenos de chicos del instituto cuando estábamos en secundaria. Tal vez hiciese cualquier cosa que un hombre más mayor le dijera que hiciese.

—Vuestro objetivo este año, señoritas —dijo Shannon meneando un dedo admonitorio a todo el equipo—, es ganar el campeonato estatal. Cualquier cosa por debajo de eso será un fracaso. Pero si nos traemos a casa este año el título estatal, eso lo tendréis para el resto de vuestras vidas. Nadie os lo podrá quitar. Da igual lo que pase o no a partir de entonces, seréis campeonas. Para siempre.

Era la misma mierda de charla de motivación que habíamos estado oyendo y repitiendo como loritos desde que éramos pequeñas y jugábamos en las Rainbow Dragons, y tal vez fuese igual que comer demasiado, porque de repente me dio la sensación de estar a punto de vomitar.

—Tenemos el talento, la entrega y... eh, Nanette, ¿adónde vas? —dijo Shannon.

—¡Abandono como una campeona de puta madre!

—¿Qué?

Todas mis compañeras de equipo se echaron a reír, quizá por lo sorprendidas que se habían quedado con que utilizase la expresión «puta madre» como un adjetivo. Rara vez decía palabrotas, pero qué bien sentaba decirlas así, de pronto, así que lo volví a gritar, con más fuerza.

—¡Soy una campeona de puta madre!

Esta vez no se rio nadie.

Mientras cruzaba el campo caminando, podía sentir las miradas de mis compañeras de equipo, decenas de rayos láser mortales que me laceraban la espalda; no me atreví a darme la vuelta.

Mostré los dos dedos corazón por encima de la cabeza —algo que jamás había hecho en toda mi vida— y tuve la sensación de ser por fin libre.

Mi entrenador vino corriendo detrás de mí.

—¿Qué pasa, Nan? —me dijo—. ¿Qué pasa aquí?

—Me llamo Nanette —le dije, y me sorprendí a mí misma.

El entrenador llevaba ya cerca de cuatro años llamándome Nan, y yo lo odiaba. Me sentía como si se estuviese riendo de mi nombre, tal y como lo decía. Siempre arrastrando la sílaba, como si lo considerase estúpido, tal vez porque yo era la única Nanette que había conocido nunca, de forma que partía mi nombre por la mitad para castigarme por ser única.

—Lo dejo —le dije—. No voy a correr más detrás de una pelota. No puede obligarme a seguir haciéndolo. ¡Nadie puede! ¡Ya soy una campeona de puta madre! Una campeona de mí misma.

—Oye. Para un poco. ¿Qué ha pasado? —me dijo haciendo caso omiso por completo de las palabrotas que le estaba diciendo.

—Que ya no quiero jugar más. Odio el fútbol. Ya está. Ya lo he dicho. *Por fin.*

—¿Quieres ir a hablar con la señora Train? —me preguntó; lo que era el código para preguntar: «¿Tienes la regla?».

La señora Train era la entrenadora ayudante, pero no sabía absolutamente nada de fútbol. Estaba ahí para encargarse de los «problemas femeninos». Y allí estaba yo, diciendo la verdad por primera vez, y él la quería borrar —hacer que no contase para nada— con mi ciclo menstrual.

—No —le dije, y añadí después—: A tomar por culo el fútbol.

Esa noche, el entrenador vino a mi casa, y tuvimos todos una charla sentados.

—¿A qué viene esto? —preguntó mi padre—. No dices una palabra y, de repente, por las buenas, ¿empiezas a decir palabrotas y que lo dejas?

Pensé en que aquello no sorprendería a las dos personas que mejor me conocían: Booker y Alex. Ni siquiera el señor Graves se habría sorprendido, y eso que llevaba meses sin hablar con él. Mi padre y mi madre, sin embargo, las personas con las que vivía, estaban desconcertados.

Mi padre y el entrenador hablaron mucho de cuántos goles había marcado, de que este año podría batir el récord de la conferencia después de haber batido ya el récord del instituto en mi penúltimo año, y de que las universidades me invitarían sin duda «de manera oficial» a ir de visita con la intención de ofrecerme becas completas, y, tal y como estaban hablando, fue como si estuvieran discutiendo para que no me suicidase, como si estuviese condenada a una mierda de vida si dejaba de jugar al fútbol, como si dejase de contar como ser humano si dejaba de marcar goles para algún equipo.

—Tiene unas notas lo bastante buenas para entrar en las mejores universidades sin el fútbol —dijo mamá por fin.

Mamá era animadora en el instituto, y a mí siempre me dio la sensación de que no creía que las chicas debiesen hacer nada de carácter atlético, sino animar, así que tenerla de mi lado resultaba deprimente. Además, la sonrisa de su cara me hizo saber que más o menos le estaba tocando las narices a mi padre delante del entrenador, como si estuviese atacando su hombría.

—Esa no es la cuestión aquí, en serio —le soltó papá a mamá, y fue entonces cuando me percaté de que mi relación con mi padre estaba a punto de ir a peor y que mamá estaba tratando de formar una alianza.

Al dejar el fútbol, estaba cercenando la única conexión auténtica que teníamos mi padre y yo, y tal vez ese fuera el motivo de que mi padre estuviese tan contrariado.

(Más adelante, Booker diría: «Bueno, tampoco ibas a estar metida en una liga de fútbol toda la vida, así que este momento con tu padre iba a llegar antes o después. No se puede vivir para otra persona. En algún punto explotas sin más, que es probablemente el motivo de que hayas empezado a soltar palabrotas como un escupefuegos». Al menos él lo entendía.)

—Adquiriste un compromiso con tus compañeras —dijo el entrenador señalándome a la cara con el dedo desde la estilosa comodidad del sofá de cuero blanco de mis padres—. Adquiriste un compromiso conmigo. Firmaste un contrato.

—Usted sabe que todas las chicas del equipo violan la cláusula de no beber alcohol. ¿Se va a pasar ahora por su casa a darles la misma charla? Le puedo dar los nombres de mis compañeras que estuvieron bebiendo con los entrenadores ingleses que contrató para formarnos: ¡estaban todas menos yo! —dije, sorprendiéndome a mí misma una vez más. Nunca había hablado de ese modo al entrenador—. ¡Pero eso ya lo sabe! ¡Así que no me hable de putos contratos!

El entrenador miró a mis padres en busca de apoyo, y mi padre, diligente, me dijo:

—No hables a tu entrenador de ese modo, Nanette. No es necesario decir tacos.

—¿Por qué no les dejo que solucionen esto en familia? —le dijo el entrenador a mis padres. Estaba pálido, como si me estuviera empezando a temer—. Te veo mañana en el entrenamiento, Nanette.

Era la primera vez que utilizaba mi verdadero nombre, y para mí fue todo un momento. Respetaba mis deseos porque yo tenía algo que él quería y yo no se lo iba a conceder así como así, y ese era el único motivo. Ya le había pedido muchas veces que me llamase Nanette durante mi primer año en el instituto, cuando estaba compitiendo por hacerme con un puesto en el primer equipo, pero no me había hecho el menor caso. De pronto tuve una desconocida sensación de poder.

—No, no me verá —le dije—. Lo dejo.

El entrenador hizo un gesto negativo con la cabeza y se retiró.

—¿Por qué haces esto? —me preguntó papá.

—No le gusta jugar al fútbol —dijo mamá—. Tan simple como eso. No es más que un juego.

—Un juego que le podría pagar su educación universitaria.

—Ya tenemos un fondo ahorrado para ella. No es que seamos precisamente pobres.

—¡Esa no es la cuestión!

—Ella jugaba por ti, Don. Pero ya no es una niña pequeña.

—Los deportes convierten en mujeres a las niñas. Desde el punto de vista estadístico, las chicas que forman parte del primer equipo del instituto tienen más probabilidades de...

—Por favor —dijo mamá—. Ni que esa fuera la razón por la que tú quieres que juegue.

Mis padres continuaron discutiendo así durante un rato, y llegado un momento me levanté y me marché a mi cuarto. No estoy muy segura de que se diesen cuenta.

Shannon me llamó, se puso a gritarme por hacerle quedar mal delante del equipo —por «desautorizarla»—, y me dijo que era una «puta loca traidora». Estaba despotricando y diciendo burradas cuando le colgué el teléfono. Me volvió a llamar varias veces y me dejó mensajes en el buzón de voz, pero no los llegué a oír.

Llamé a Alex y le dije que había dejado de tener miedo, que había abandonado el equipo de fútbol.

—Intentarán que lo vuelvas a tener —me dijo él—. Tienes que mantenerte firme durante un tiempo más antes de que te dejen en paz. Confía en mí. Ya he pasado por eso.

Mis compañeras de equipo me enviaron e-mails y me llamaron, y Shannon se pasó de visita por mi cuarto para probar con una táctica distinta: todas ellas me rogaban que jugase «una temporada más», y Shannon me decía que necesitaba que yo aprovechara sus pases de gol y asegurase su beca.

—¡Necesito una goleadora que remate mis pases!

De repente, había dejado de ser una «puta loca traidora». Pero ya había tomado una decisión, y no regresé a los campos de fútbol, algo que me producía una sensación emocionante... tomar decisiones por mí misma.

Para dejar las cosas bien amarradas, hice novillos el primer día de clase de mi último año y le pedí a Lex que nos fuéramos en coche a la playa.

Saltarte las clases suponía una suspensión automática del equipo, y era una de las pocas normas de obligado cumplimiento en la práctica, así que llamé por teléfono a la secretaría del instituto y le dije a la mujer que había hecho novillos.

—Llame a mis padres. Notifique mi falta a la autoridad escolar competente. Espero que se me castigue con todo el peso del reglamento. Por favor, comuníqueselo al entrenador Miller.

Alex se saltó sus clases porque yo se lo pedí; le dije que le necesitaba.

Jamás había necesitado a un chico, y me pregunté si Booker tendría poderes mentales de alguna clase.

¿Podía ver el futuro?

Tras una hora de coche, dimos con una playa que no tenía socorrista, de ahí que no estuviera muy concurrida.

Nos adentramos nadando en el Atlántico y flotamos boca arriba.

Pensé en Ted el Improductivo y en por qué se pasaba todo el día a solas en su piedra.

Me alegraba de tener a Alex conmigo, pero también me daba la sensación de poder estar sola, con él; una sensación nueva, esa de estar sola en presencia de otra persona.

Nadé hasta Alex y le besé en los labios.

Él correspondió a mi beso con la lengua.

Mi primer beso de tornillo.

Nos rodeamos con los brazos el uno al otro, y no tardó en ponérsele dura. Lo noté porque me presionaba en la barriga desnuda por debajo del agua.

Ninguno de los dos dijo nada al respecto.

Tan solo nos besamos.

Y no tuve miedo, como pensé que tendría.

Cuando regresé a clase el día siguiente, ninguna de mis compañeras de equipo me miraba a la cara, ni siquiera Shannon. Oí toser a algunos chavales al cruzarse conmigo y decir «Mmm… comechochos» muy deprisa. O «tortillera». O «marimacho». Y me pregunté si la presidenta de la Liga Homo-Hetero estaría haciendo de las suyas otra vez. Yo estaba ejerciendo mi heterosexualidad por primera vez en la vida, pero no se trataba de algo que deseara compartir con los idiotas de mi instituto. Así que llevé los comentarios sobre el lesbianismo como una máscara que mantenía en privado todo aquello que de verdad amaba, que lo salvaguardaba del asqueroso alcance de la gente que desconocía mi verdadero yo y que jamás llegaría a conocerlo. Y, además, yo no tenía nada en contra de las lesbianas. Mis compañeros de clase eran unos ignorantes comemierdas.

Cuando mi padre dejó de cenar con nosotras, mi madre volvió a sacar el tema de su forma de masticar.

—Bueno, por lo menos nos libraremos del respirar por la boca —y añadió—: No sé si sigo queriéndole, Nanette. ¿Hará eso que me odies?

Menudo truco rastrero —ser tan sincera, de ese modo— justo cuando estaba empezando a hacerlo yo misma. No me parecía que todo el mundo pudiese o debiese ser sincero a la vez, como si la estructura del planeta no estuviese hecha para soportar tamañas cantidades de sinceridad. O quizá se tratase de que hacía mucho tiempo que notaba las grietas en el matrimonio de mis padres, y eso era lo que por fin me había liberado para comenzar a ser yo misma a toda costa.

Tenía a Alex y tenía mi universo secreto con Booker, y ambos eran mucho mejores que nada que el instituto o mi familia tuvieran que ofrecer.

—La verdad, mamá, no creo que eso importe —le dije—, porque yo tampoco estaré aquí toda la vida, ¿no crees?

Mi madre me miró un instante y se echó a llorar.

13. El niño puede ser un niño

E INTERPRETÉ AL CÍCLOPE
de Alex Redmer

Hay un lugar donde
los de secundaria van a pelear,
y todo el mundo sabe dónde está,
incluso padres y profesores,
más allá de los campos de deporte,
al otro lado de la colina.
Miran los chavales desde lo alto,
abuchean, gruñen y aplauden
mientras revientan las narices,
las rodillas arrancan quejidos
y rasgan las camisetas.

Sigo yendo por allí
por muy mayor que sea ya
y lo bastante alto para proyectar
una sombra kilométrica.
Y cierro un ojo,
y los críos creen que soy

un cíclope que gime
y gruñe en vez de hablar.

Voy porque allí suele estar
un crío que me recuerda a mí
cuando estaba en secundaria:
orondo, mejillas rojas, en inferioridad,
los puños arriba, justo bajo las gafas,
mostrando más agallas, infinitas,
que el gallito que tiene a todos
de su lado antes incluso de levantar
las manos de director de orquesta.

Suelo chillar, gemir e interpretar
el monstruo hasta que todos huyen
y me quedo con el niño orondo y solitario
que era yo hace tan solo unos años.
Y le digo que la secundaria
no
dura
eternamente.
Nunca me cree,
pero yo sé que siempre se alegra
de que me pase por allí.

Llegué tarde aquella vez,
y el niño bonito y delgado
tenía al feo, orondo,
sujeto en el suelo, boca arriba,
rodillas en los codos,
y el Niño Bonito abofeteaba al Feo

cuyas mejillas rojas, lacrimosas,
enfervorizaban al grupo.
Así que abrí ambos ojos,
me convertí en mí mismo,
corrí por la colina
y agarré al Niño Bonito
del cuello y el cinto, y lo lancé
por los aires, bien alto,
para que supiera
cómo sienta caer.

Cayó de cabeza al suelo, fuerte,
lo bastante para mancharle de hierba
mejillas y nariz,
y me senté sobre su pecho,
y lo abofeteé en la cara,
y le dije que sus días
estaban contados
y hoy era el día cero.

¡Soy la parca de chicle!
¡Soy la parca de chicle!
¡Soy la parca de chicle!
¡Soy la parca de chicle!
¡Soy la parca de chicle!
le decía con cada golpe.
Y lo solté, como
a un pez capturado en aguas
contaminadas que no puedes comer.

El niño orondo se quedó allí
cuando los demás se marcharon,
y dijo: «Mañana me matarán».
Así que lo acompañé a casa
y hablé con su madre,
que me dio de cenar,
y le dije que era necesaria
su ayuda, o al menos
que fuera consciente.

Fui a mi antiguo colegio,
al día siguiente, tras el instituto,
y el niño orondo parecía asustado.
Otra vez, rodeado de niños bonitos.
E interpreté al cíclope, una vez más,
y echaron a correr, como todos los niños bonitos.

Enseñé al niño a cerrar
un ojo y gemir
como un monstruo
cada vez que se acercaban
los niños bonitos.
Y hace aspavientos, ahora,
sobre la cabeza, y chilla,
casi un cíclope, también,
pero aún no del todo.
Es igual, porque los niños bonitos
casi
nunca
ven
la

diferencia,
y así,
el niño puede ser un niño
por un tiempo más.

14. Como quien te rebana el gaznate con un cuchillo

El equipo de fútbol siguió ganando partidos sin mí. Shannon siguió corriendo hasta el banderín de córner y poniendo el balón en el área, y otras chicas comenzaron a marcar, y las miradas de odio que recibía yo por los pasillos no tardaron en convertirse en una ausencia de miradas. Tal vez me había alejado ya lo bastante de la jaula. Tal vez no pudiesen darme ya más sopapos.

Liberada de las reglas del culto al primer equipo de fútbol del instituto, empecé a sentarme en un banco al aire libre en los ratos del almuerzo a leer los poemas de Alex o *La parca de chicle,* porque estábamos tratando de decidir de una vez por todas si Wrigley se había enamorado de Stella o de Lena, y estábamos seguros de que tenía que haber alguna pista que se nos escapaba.

Alex había escrito un poema titulado «E interpreté al cíclope», que me emocionó y me asustó de manera simultánea. Cuando me dio una copia calcada, me dijo que estaba basado en una experiencia real por la que pasó «no hace mucho», cuando empezó a dejarse caer por su antiguo colegio de secundaria en busca de niños solitarios que necesitasen ayuda. Lo hacía porque de pequeño solía fantasear con que alguien viniese a ayudarle cuando se estaban metiendo con él. Y también lo hacía para ser como su héroe, Wrigley.

El poema me hizo pensar en los chicos del instituto que se solían pasar por mi colegio con botellas de licor de melocotón para sobornar a las niñas y que se la chuparan. Alex era lo contrario de aquellos chicos que estaban en el ojo del huracán de nuestro escándalo sexual de secundaria. Lo adoraba por eso. Sin embargo, aquella ira que había presente en su poesía también daba un poco de miedo. Yo no quería salir con un cíclope.

—¿De verdad lanzaste por los aires a un chaval de catorce años? —le pregunté después de leer el poema.

Habíamos aparcado en el campo con la capota del Jeep bajada y estábamos mirando la luna llena de octubre, que brillaba como una calabaza enorme, en llamas sobre los árboles lejanos. Alex quería que escuchase al aire libre del otoño una canción de Lightspeed Champion titulada «Midnight Surprise». Era una canción muy chula. Rara, pero bien. Y duraba casi diez minutos. Cuando terminó, le dije que me había gustado la experiencia, y charlamos largo y tendido sobre la letra. Entonces le dije:

—¿De verdad abofeteaste al niño bonito de tu poema? Debías de ser el doble de grande que él.

—Wrigley también lo era cuando le metió a aquel crío la cabeza debajo del agua. Al que estaba dándole vueltas a Ted el Improductivo. ¿Te acuerdas?

—Claro, pero eso era una historia ficticia.

—No, no lo era. *Wake up, princess*[*] —me dijo citando la letra de «Midnight Surprise».

---

[*] «Despierta, princesa». *(N. del T.)*

—¿Crees que Booker hizo eso de verdad? ¿En serio piensas que estuvo a punto de ahogar a un chavalín?

—A veces tienes que luchar contra ello —dijo Alex—. Si no lo haces, te pierdes.

—¿Luchar contra *qué?*

—Contra todo y contra todos los que te hacen sentir diminuto, insignificante.

—Puedes luchar con la poesía.

—En ocasiones las palabras no bastan para la situación que tienes entre manos.

—Sí, claro, pero ¿la violencia? Eso nunca es bueno.

—Bueno no, pero a veces es necesario cuando alguien intenta convencerte de que eres secundario o de que ni siquiera deberías existir. ¿Por qué crees tú que estudiamos las guerras en clase de Historia? ¿Cuántos meses nos tiramos solo con la Segunda Guerra Mundial? Cuando alguien traspasa esa línea, como Hitler, Mussolini o Tojo, o más recientemente Sadam Husein y Bin Laden, llega la hora de luchar. Eso es lo que nos enseñan. Así que, ¿por qué está bien que nuestro gobierno tire bombas sobre la gente y mate con armas, pero nosotros no debemos utilizar los puños para protegernos? Este país se cimentó sobre la violencia y por medio de la violencia. Nuestros antepasados interpretaban el papel del cíclope cuando querían robarle sus tierras a los pueblos indígenas que estaban aquí antes que nosotros. Roosevelt y Truman interpretaron al cíclope durante la Segunda Guerra Mundial. Bush también interpretó al cíclope después del 11 de septiembre.

Nunca había oído a Alex hablar con tal vehemencia. No era capaz de distinguir si hablaba en serio o si tan solo improvisaba ciertas ideas, como en sus poemas, así que le dije:

—Tal vez sea así. ¡Pero no puedes comparar a los chavales de secundaria con Hitler y Bin Laden!

—Tanto Hitler como Bin Laden tuvieron catorce años una vez.

—¡Y a ti tampoco te han elegido presidente de los Estados Unidos de América!

—Todavía no —dijo y se echó a reír, lo cual me hizo creer que solo estaba diciendo chorradas, que todo era en teoría.

—Tú también debes tener cuidado de no hacer que los demás se sientan diminutos e insignificantes, ¿no? —le dije—. No querrás convertirte en aquello que odias. No te puedes poner ahí en plan justiciero. ¿Y si todo el mundo lo hiciera?

Guardó silencio unos segundos, y después dijo:

—¿Cómo te sentiste al sacarle los dedos al equipo de fútbol, al decir «de puta madre» delante de tu entrenador?

—¿Sinceramente? —le dije y me reí—. *De putísima madre.*

—A lo mejor te contuviste durante demasiado tiempo y no te quedó más remedio que reventar. Quizá no quedase ya margen para reconducir la situación. A veces nos hace falta ponernos agresivos verbalmente porque de lo contrario nadie te hace ni caso.

—Sí, pero yo no causé ningún daño físico a nadie.

Alex alzó la vista hacia la luna de octubre, que había pasado del naranja al rojo sangre, y, al ver que no decía nada en respuesta, le dije:

—¿Qué le pasó al niño del poema? El gordito de las gafas. El chico al que querían pegar «los niños bonitos».

—¿Oliver?

—¿Se llama Oliver?

—Sí. «No existe eso de la ficción». Ahora nos vemos bastante. —Alex me miró con una sonrisa diabólica, como si hubiese estado todo el rato llevándome hacia Oliver. Como si toda aquella conversación hubiera estado planeada—. ¿Quieres conocerlo?

—¿En serio?

—Digamos que he estado esperando el momento apropiado para presentaros.

—Ah, ¿sí?

—No hay mejor momento que el ahora. Vamos.

Alex arrancó el Jeep y subió el volumen de su grupo preferido, Los Campesinos!

—Esta canción se llama «In Medias Res» —me dijo—. Es latín. ¿Sabes lo que significa?

Negué con la cabeza.

—«En el medio». También es una técnica narrativa. Empiezas en la parte central. En plena acción. Sin preliminares. Directo al meollo. Como cuando una película bélica arranca en plena batalla antes de saber siquiera quién combate o por qué. «In Medias Res».

—Y así es como nos conocimos. *In medias res*. En casa de Booker. En la cena —le dije.

—Sí, así fue, ¿no?

Me encantaba hablar con Alex sobre música y literatura principalmente por lo natural que resultaba, casi como ver alzarse en el cielo la rojiza luna llena de octubre, algo que a mí nunca se me había ocurrido hacer antes de que Booker me presentara a Alex. Y, aun así, también resultaba raro, pero de un modo refrescante.

Le sonreí, alargué la mano y le apreté el muslo a través de sus vaqueros de color oscuro, y él subió el volumen de la música todavía más y pisó el acelerador.

Condujimos durante unos veinte minutos o así antes de bajar el volumen de la radio y aparcar delante de una casa minúscula con un revestimiento verde y sucio, en un vecindario más pobre que yo no conocía.

—Shhh —me dijo Alex con el índice sobre los labios, y yo fui tras él mientras dábamos la vuelta a la casa hasta la parte de atrás.

Alex llamó tres veces a la ventana del primer piso. Se levantó la persiana, y, un instante después, las grandes gafas de Oliver nos estaban mirando al otro lado de un estor que rápidamente subió para que pudiésemos entrar por allí, como hicimos.

Oliver se parecía muchísimo a Ralphie, el niño de la película *Historias de Navidad*.

—¿Es tu piba? —le preguntó el chaval a Alex, tratando de sonar duro y viril, quizá.

—Mmm… ¿Qué? —dije yo.

—Perdona —dijo Oliver desde su silla de madera del escritorio y bajó la vista al regazo.

Alex le dio un golpe suave con el puño en el hombro.

—Oliver, esta es mi buena amiga Nanette. Nanette, este es mi mejor amigo, Oliver. La buena gente se junta con buena gente.

—Alex está todo el rato hablando de ti —me dijo Oliver y se subió las gafas sobre la nariz—. Eres todavía más guapa de lo que él te hace parecer.

—Gracias —le respondí mientras me sonrojaba. Aparte de mi padre y mi madre, nadie me había llamado nunca guapa.

—Pero es su inteligencia lo que me tiene que me subo por las paredes —dijo Alex, y le dio una especie de abrazo del oso a Oliver, que chilló encantado. Era como si fuesen hermanos.

Se abrió la puerta del dormitorio, y asomó la cabeza una mujer de mediana edad.

—Tienes permiso para utilizar la puerta de la casa, Alex. Y la tienes abierta a cualquier hora del día o de la noche. Ya lo sabes.

—Es que entrar por la puerta no es tan divertido —dijo Alex y le ofreció una sonrisa.

—¿Es *ella*? —me miró la mujer.

—La auténtica y genuina Nanette O'Hare.

—Eres una chica muy afortunada. Este joven es un santo. Un auténtico santo vivito y coleando sobre la faz de la tierra.

—Vale, mamá —dijo Oliver—. Ya te puedes ir.

La mujer sonrió a su hijo y después a mí.

—Bueno, me alegro de conocerte... —me dijo—. ¿Cómo era tu nombre?

—Nanette.

—¿Francesa?

—Norteamericana.

—Vale. Me caen bien los americanos —cerró la puerta.

—¿Ya se lo podemos enseñar, por fin? —Alex le preguntó a Oliver.

—No lo sé. Yo la acabo de conocer, ¡hace algo así como diez segundos!

—Venga, vamos a enseñárselo. Mírale la cara, es digna de confianza.

Oliver me miró y me preguntó:

—¿Apuestas por Lena o por Stella?
—¿Has leído *La parca de chicle?* —le pregunté.
—Solo un millón de veces.
—Es posible que lo haya enganchado un poco pronto —intervino Alex.

Eché un vistazo al cuarto de Oliver y vi fotos de flores, infinidad de flores. Todas eran recortes de revistas, pegadas con cinta adhesiva a la pared: azucenas, rosas, narcisos, claveles, hortensias y cientos de otras distintas de las que ni siquiera sabía el nombre. Entre las flores había fotos de la madre del niño, y de Oliver y Alex juntos. Había una en la que estaban tumbados juntos en un campo enorme de dientes de león de color amarillo. La foto estaba sacada desde arriba, como si alguien se hubiera subido a un árbol para encuadrarlos a ambos.

Alex señaló la foto.

—Utilizamos el temporizador y un poco de cuerda para sacar esa. Tuve que saltar desde una rama alta y tumbarme antes del clic. Debimos de intentarlo unas cincuenta veces antes de conseguir lo que buscábamos, y esa es la razón de que esté sudando en la foto. Pero mola, ¿no te parece?

—Sí, claro —le dije.

—¿Stella o Lena? —preguntó Oliver sin perder la concentración.

—Lena —contesté.

—¿Lo ves? Te lo dije —dijo Alex—. Es de los tuyos, colega.

—¿De qué van todas estas flores? —le pregunté.

—A los chicos nos pueden gustar las flores —respondió Oliver un poco a la defensiva.

—A mí me gustan las flores. Yo soy un chico —dijo Alex—. Es absolutamente cierto.

—A Wrigley también le gustan las flores —dijo Oliver—. Mira.

Sacó un anuario viejo. Era de color rojo, y tenía impreso en la cubierta un «1967» en números dorados enormes.

—¿Qué es eso? —le pregunté.

Oliver fue pasando los retratos de los alumnos de último año hasta que llegó a la B.

—*Aquí* —apuntó a la página con el dedo.

Nigel Wrigley Booker

«No hay nada más perfecto que una flor». Nigel Wrigley Booker no se describe como un solitario. Es una persona independiente. Tiene sus libros, sus poemas y sus propios escritos. No ha disfrutado especialmente de su etapa en el instituto, y alberga la esperanza de que la vida ahí afuera sea un poco más amable y más humana (¡muerte a la clase de gimnasia!). Espera publicar un libro de poesía en algún momento de su vida, pero seguirá escribiendo poemas al margen de que alguien quiera leerlos o no. Su poema preferido es «Fern Hill» de Dylan Thomas. Su mejor amigo, Sam el Perezoso, la tortuga macho de la piedra de detrás del instituto.

Al observar la foto en blanco y negro, pude ver que se trataba de Booker cuando tenía nuestra edad, salvo que, en la foto de su último año, parece más mayor que Alex y que yo, tal vez porque las fotos en blanco y negro hacen parecer más mayor a todo el mundo. Además, en la fotografía luce una corbata muy delgada, y una chaqueta *sport* pasada de moda. Lleva el pelo rapado al cero, y eso hace que las orejas le parezcan aún más gigantescas. No está sonriendo, y parece un tanto abatido.

—¿De dónde has sacado esto? —pregunté.

—De eBay —dijo Oliver—. Carteándose con él, Alex se enteró de a qué instituto había ido Booker, a media hora de aquí en coche. Después, nos pasamos meses mirando en internet en busca de este pequeñín. Uno de los alumnos del 67, Eddie Alva, se murió, y su hijo vendió absolutamente todo lo que encontró dentro de su apartamento. Por suerte para nosotros. ¡Conseguimos esto solo por cuatro dólares más gastos de envío!

—La cosa se pone todavía mejor —dijo Alex—. Enséñaselo.

Oliver siguió pasando fotografías de los alumnos de último año hasta que llegó a los de la T.

—Aquí están las gemelas —dijo Oliver—. Sandra y Louise Tackett.

Se parecían tanto que habrías jurado que alguien había impreso dos veces la misma foto por error. La raya en el medio del cabello oscuro que les cae justo más allá de los hombros, cuello igualmente delgado; ambas lucen un collar de perlas sobre un jersey oscuro escotado con una azucena sujeta justo por debajo de la clavícula derecha. Es imposible distinguirlas. Hasta tienen el mismo pie de foto exacto.

«Lo que ves no es siempre lo que consigues». Las gemelas Tackett disfrutan tomándole el pelo a sus compañeros de clase. Es imposible distinguirlas, no solo porque vistan igual, sino porque también hablan y se comportan exactamente del mismo modo. Son prácticamente intercambiables, y corre el rumor de que son telepáticas, por mucho que ellas lo nieguen. Sandra y Louise fueron ambas coronadas reinas del baile de fin de curso del penúltimo año porque el jurado estudiantil no pudo distinguirlas en la noche en cuestión, ni tampoco sus parejas del baile. Su canción favorita: «Paperback Writer», de los Beatles. Mejor amiga: mi gemela.

—Fíjate en la comisura de la sonrisa de Louise —dijo Oliver—. Está ligeramente más baja que la de Sandra, un centímetro o algo por el estilo, como si estuviera un poco más triste, quizá, como si no quisiera seguir con la broma, ¿tal vez porque ella no es quien su hermana quiere que sea? Pero tampoco es lo bastante fuerte para ser ella misma. ¡El tipo de chica que se confesaría con una tortuga cuando nadie la ve!

—Una exageración —dijo Alex—, porque esa diferencia en la sonrisa es apenas perceptible. Y, *aunque hubiera una discrepancia en sus sonrisas, tal vez fuera Sandra la que incluyese la canción «Paperback Writer»[*] en la información personal, para decirle a Booker que incluso entonces tenía fe en él. Y por ese motivo sonríe con más ganas. Seguro que Booker ya le había contado que quería escribir una novela, cuando hablaron en el bosque. Ella sabía que él captaría la referencia. Al final resulta abrumadoramente obvio, tal vez incluso profético, porque *La parca de chicle* jamás se publicó en tapa dura.

—Espera —le dije—. ¿Estáis diciendo, entonces, que tenéis los nombres reales de las gemelas Thatch y que aún no habéis hecho nada con ellos? ¿No habéis tratado de averiguar nada más?

---

[*] Autor de libros baratos o para el gran público, por lo general encuadernados en tapa blanda. *(N. del T.)*

—Oh, *sí* que lo hemos hecho —dijo Oliver—. Pero hay un pequeño problema.
—Y no te va a gustar —añadió Alex.
—¿Por qué?
—Tu chica, Louise, ya no está entre nosotros.
—A ver si adivinas en qué año murió —dijo Oliver.
—¿Y cómo voy a saberlo?
—En 1989 —dijo Alex.
Y Oliver añadió:
—Un año después de que...
—... se publicara *La parca de chicle* —dijimos los tres al unísono.
—Eso podría explicar el hecho de que Booker nunca revendiese los derechos después de haberlos recuperado —dijo Alex.
—¿Por qué? —pregunté.
—*Porque* —me explicó Oliver— lo escribió para Louise Tackett. ¡Estaba intentando ganarse su corazón! Así que, una vez que aquel corazón dejó de latir, no tenía ningún sentido mantener el libro en circulación. Al menos en lo que a Booker se refería. No es una novela, sino una carta de amor abierta a una mujer concreta.
—*Salvo* —dijo Alex— que él se confundiera de gemela y yo hubiese acertado desde el principio, y Sandra Tackett fuera el gran amor de Booker, la gemela que hablaba con las tortugas en el bosque. Pero Booker estuvo equivocado todo el tiempo, convencido de haber compartido aquel momento en el bosque con Louise, cuando en realidad se trataba de Sandra, y esa sería la mayor tragedia que jamás hubiera llegado a mis oídos. Superaría incluso a *Romeo y Julieta*. Salvo que significaría que la Julieta de Booker no está realmente

muerta, ¡sino que habría pasado todos estos años esperando a que él lo averiguase!

—Pero entonces, ¿por qué no dio ella el paso cuando leyó el libro? —pregunté.

—¡Exacto! —exclamó Oliver.

—Tal vez nunca llegara a leerlo —dijo Alex—. Quiero decir que, salvo los aquí presentes, ¿conocemos a alguien más que lo haya leído aparte de los profesores que nos lo dieron a nosotros? ¿Una sola persona?

—Buen argumento —le dije—. ¿Y por qué no buscar a Sandra Tackett?

—Ah, lo hemos hecho —dijo Oliver—. Como todo el mundo en la región de South Jersey, vive a unos veinte minutos de aquí.

—¿Y a qué estamos esperando? —pregunté.

—Eso es jugársela —dijo Alex—. ¿Y si me equivoco? ¿Y si Sandra Tackett se mosquea cuando lea el libro? ¿Y si Booker no quiere que nos metamos donde no nos llaman? A ver… nos ha prohibido incluso hablar sobre *La parca de chicle*. ¿Y si se enfada tanto con nosotros que no nos vuelve a dirigir la palabra en la vida? Podríamos estar desenterrando un esqueleto de lo más desagradable.

Pensé en la forma en que había perdido al señor Graves en un instante, y no me creí capaz de soportar perder también a Booker.

—Yo he votado sí —dijo Oliver—. Alex vota no. Tú desempatas.

—¿Yo?

—Sí —dijo Alex—. Hemos acordado que seas tú quien rompa las tablas. Así que tú decides, Nanette.

—¿De verdad tenéis su dirección?

—Sí. Está viuda —dijo Oliver—, y bastante buena para ser una señora mayor. Así que, si Alex acierta...

—A veces pasamos por su calle y la vemos de lejos, mientras ella cuida las plantas —dijo Alex—. Tiene un jardín magnífico, con flores y hortalizas. ¡Sus girasoles crecieron más de dos metros antes de que los cortara este otoño! Y tiene mucha vitalidad para sus años, se mueve por ahí a cuatro patas con la velocidad de una araña. Le hemos estado echando el ojo por el viejo Booker. Es lo menos que podía hacer después de que él me escribiese tantas cartas y me alentase a escribir, después de tantos libros que me ha recomendado. De darme a conocer a Larkin y Bukowski. Es el mejor profesor que he tenido, y ni siquiera lo es de manera oficial. Pero aún me preocupa estar equivocado. Liarla parda. Pasarme de la raya.

Allí estaba de nuevo aquella expresión, «pasarse de la raya», y volví a pensar en el señor Graves. Visitar a la auténtica Stella Thatch, conocer a otro personaje de *La parca de chicle,* era algo prácticamente irresistible —igual que besar al señor Graves el día de San Valentín—, así que, ¿no había aprendido acaso la lección? Sin embargo, esto era distinto, porque lo estaría haciendo por Booker, no por mí. ¿O sí?

—¿Qué votas entonces, Nanette? —dijo Oliver—. Es la hora de la verdad.

—Tengo que pensarlo —respondí.

—¡Menudo anticlímax! —exclamó Oliver, y en ese instante entró su madre, justo a tiempo.

—Hora de dormir para Oliver, que mañana hay clase —dijo como si su hijo tuviese seis años en lugar de catorce.

—¡Mamá! —dijo Oliver.

—Nos vamos —dijo Alex—. Hablamos mañana, Oliver.

—Encantado de conocerte, Nanette —dijo Oliver—. Me alegro de tenerte en el equipo.

—Me alegro de estar en el equipo —le dije yo, y entonces, conforme le decía adiós con la mano, vi en el rostro de Oliver la misma bondad que tantas veces había visto en el de Alex.

Empecé a preguntarme si sería eso lo que iban buscando los abusones. ¿Acaso querían arrebatarle a golpes aquella bondad a todo el mundo? Alex siempre estaba llamando «niños bonitos» a los abusones, tal vez para debilitarlos, tal vez porque fuesen los más populares y por tanto los considerados de mejor aspecto, pero para mí, ser bonita no era algo de lo que avergonzarse, y había una dulce belleza en la mirada y la sonrisa de Alex y Oliver que me parecía radiante. A lo mejor no lo era en un sentido sexual, sino de un modo que hacía que todo estuviese bien aunque solo fuera durante un segundo o dos. El señor Graves también tenía esa capacidad.

Salté una vez nos subimos al Jeep:

—¡Serás cabrón! ¡Toda esa información guardadita para ti!

—No podía traicionar la confianza de mi colega. Normas de tíos.

—Cuántos secretos —le dije—. Tiene su lado sexy.

—Soy un hombre de incontables misterios —arqueó la ceja izquierda.

—Sabes que ambas teorías son de lo más descabellado. No estoy segura de haber visto diferencias en las sonrisas. «Paperback Writer» era una canción muy popular, la preferida de muchos adolescentes en aquella época, ¿no? *Y además,* hay gemelos en prácticamente todas las clases de los institutos grandes. Las similitudes entre los nombres reales del anuario y los de *La parca de chicle* son sorprendentes, pero ¿no es posible que Booker tomase ciertos fragmentos de su vida escolar y lo novelase todo?

—Y, aun así, no deja de decir eso de que «No existe eso de la ficción».

—Cierto.

—Y esos detalles y teorías, ya sean endebles, sólidos o algo entre medias, son lo que tenemos, *lo único* que tenemos, en que basarnos.

—¿Por qué tenemos que *basarnos* en algo? ¿Por qué no podemos dejar en paz la historia de Booker? —le dije por mucho que yo, en lo más hondo de mi ser, supiese que jamás sería capaz de resistirme a la aventura que me habían propuesto.

—Tienes que encontrar algo en lo que creer, por lo que apostar. ¿Sabes? «Una vida bien vivida trae complicaciones» —me dijo citando *La parca de chicle*—. Tal vez sea que... yo qué sé. Es lo que tenemos ahora mismo. Lo que hacemos juntos. Tú y yo, y también Oliver. Quiero decir que ni siquiera nos conoceríamos de no ser por *La parca de chicle*. Tú y yo nunca nos habríamos besado si Booker no hubiese escrito el libro. Y ahora podemos utilizar esa misma novela que nos cambió la vida a mejor para mejorar la vida del autor. ¿No es increíble? Es el equivalente literario de ayudar y corresponder a Dios.

—Asumiendo que tu teoría sobre Stella Thatch sea acertada, claro. Y eso es jugársela. Si te equivocas, las cosas podrían ponerse muy feas.

—Bueno, a veces te la tienes que jugar.

—¿Y por qué votaste no, entonces?

—Para que nos hiciese falta un desempate y a Oliver le pareciese bien que te metiera en esto.

Resultaba halagador, pero se me volvió a pasar el señor Graves por la cabeza y empecé a ponerme nerviosa, así que cambié de tema y le dije:

—Oliver te adora.

—Sí, bueno —respondió y sonrió.

—La compartiste con él... nuestra novela.

—Él la necesita tanto como nosotros. ¿No crees?

Me incliné, besé a Alex de lleno en los labios y después le dije:

—¿Cómo es que no tuviste ninguna novia antes de que nos conociésemos? ¿Cómo es que llegaste a fijarte en mí?

Sonrió, puso la canción «What Death Leaves Behind» de Los Campesinos!, y arrancó.

Era una noche fría de otoño, en especial con la capota bajada, así que pusimos la calefacción, que me sentó fenomenal en las manos y en los pies, aunque me quemase un pelín.

—Sabes que vamos a ir a ver a Sandra Tackett —me dijo Alex cuando llegamos a mi casa.

—Lo sé —respondí—, pero no estoy tan segura de que debamos hacerlo.

—Yo creo que tenemos que hacerlo.

—¿Te importaría repetirme por qué motivo, exactamente?

—Porque si no lo intentamos, nunca lo sabremos.

—¿Saber qué?

—Que el amor puede vencer.

—¿Puede vencer el amor? —le pregunté, pero no en tono sarcástico.

La voz me tembló un poco, o algo por el estilo, y me percaté de que el corazón me latía con fuerza y que me sentía como si alguien me hubiera puesto un dedo y apretase en el punto donde se unen el cuello y el pecho. Estábamos enredando con unas fuerzas que encerraban su peligro, y Alex solo estaba un poco menos atemorizado que yo.

Bajo la luz de la farola de delante de mi casa, nos besamos durante un rato a plena vista de los vecinos, y no me importó en absoluto.

Le cogí la mano y me la llevé al pecho, y él no la retiró. Alex fue delicado, y era agradable sentir el contacto.

Cuando terminamos de enrollarnos, le dije:

—¿Sabes una cosa? No he visto la firma de nadie en el anuario de Eddie Alva.

—Porque nadie se lo firmó.

—¿Ni un solo compañero? ¿Nadie se lo firmó?

—No.

—Y ¿por qué crees tú que lo conservó todos estos años, si no tenía amigos en el instituto? Qué triste.

—No lo sé.

—¿Qué dice su información personal en su último año?

—No viene nada, solo la foto y el nombre: Eddie Alva. En la foto tiene un aspecto de lo más torturado. No sonríe. Desde luego que no es uno de los niños bonitos. Cejas pobladas, la nariz torcida. Basta mirarle a los ojos para darse cuenta de que odiaba el instituto. Creo que el espacio vacío bajo la imagen lo dice todo. Quizá sea el equivalente metafórico de tu doble dedo dedicado al equipo de fútbol.

—¿Y aun así conservó el anuario?

—Tal vez lo hiciera por nosotros, Nanette.

Resultaba tentador creerlo, una manera de pensar que encerraba algo poético. Como si tal vez el universo se estuviera conjurando de pronto a nuestro favor. Pero todo aquello también parecía un tanto jodido. Eddie Alva ni siquiera sabía que existíamos cuando murió. Y el hecho de que conservara el anuario durante cinco décadas, un anuario que no le firmó nadie, era lo bastante deprimente como para que te diesen ganas de acurrucarte a solas en tu cuarto y echarte a llorar por él. Tuvo descendencia, así que quizá conociese el amor por un tiempo breve, me dije. Había mantenido relaciones sexuales con alguien al menos una vez. Ahí quedaba eso. Y puede que sintiese algún tipo extraño de afecto por sus compañeros del instituto, igual que a veces te gustan los villanos de tus historias preferidas porque son una parte integral de la trama. A lo mejor era eso lo que tenía él, Eddie Alva: un grupo de compañeros que se moviesen en esa parte de su vida. Y pensé en que echaba de menos a Shannon en cierto modo, un modo extraño y triste, aunque tuviese la certeza de que no quería salir más con ella. Probablemente pensaría en Shannon y en mis compañeras de equipo hasta el día en que muriese. Las Rainbow Dragons formaban parte de mi mentalidad para siempre, para bien, para mal o con indiferencia, así eran las cosas, sin más. Y entonces se me ocurrió: seguramente, a mí tampoco me firmaría el anuario ninguna de ellas, porque ya ni siquiera me miraban a los ojos, algo triste, desde luego, pero de alguna manera tampoco es que me molestase.

Cuando por fin entré, mamá estaba sentada en el sofá del salón.

—Bonito espectáculo ahí fuera.

Lo más gracioso es que creo que estaba orgullosa de mí. Por fin me estaba haciendo mayor, por fin me estaba enrollando con un chico, haciendo las cosas propias de mi edad, lo que hizo ella cuando tenía los mismos años que yo, cuando era animadora. Sin embargo, mamá cambió de tema como quien te rebana el gaznate con un cuchillo.

—Hablando de otra cosa —me dijo—. Tu padre se ha marchado de casa.

—¿Qué?

—Sí.

—¿Cuándo?

—Hace unas tres horas. Te has perdido su tremendo arrebato.

—¿Se ha ido ya?

—Llámalo al móvil si quieres explicaciones.

—¿Cuál es tu explicación?

—No tiene nada que ver contigo.

—¿Es porque he dejado el fútbol?

—No seas ridícula. Por supuesto que no —dijo mamá mientras miraba por la ventana para evitar mirarme a los ojos.

—¿Cuándo va a volver?

—La verdad, no creo que vaya a volver, cielo. Lo siento muchísimo.

Mi madre tenía lágrimas en los ojos, pero me daba cuenta de que ella tenía la sensación de que todo era para bien, que llevaba mucho tiempo cociéndose y que quizá fuera definitivo.

Llamé a mi padre desde mi cuarto. Cuando contestó, pude oír un telediario de fondo, y repitió las palabras de mi madre al decir que su ruptura no tenía nada que ver con que yo hubiese dejado el fútbol.

—Creo que los dos sabíamos que nos íbamos a separar cuando tú te marchases a la universidad. Aunque no hemos podido aguantar tanto. Hemos estado cerca, pero no lo hemos conseguido. Lo siento. La gente se desenamora, Nanette. Así son las cosas. Pero los dos te queremos exactamente igual que siempre. Eso no cambiará nunca.

Así que todo el mundo lo sentía.

Como si eso fuera de ayuda.

Papá me dijo que saldríamos a cenar un par de veces por semana y que después ya veríamos cómo iban las cosas mientras él encontraba un sitio más definitivo donde vivir, ya que ahora mismo se alojaba en un motel. Yo viviría con mamá en la casa donde habíamos vivido todos durante toda mi vida.

Les pregunté si alguno de los dos estaba viendo a otra persona, y me dijeron que no. Deseaban estar solos una temporada, sin más. Preferían no tener a nadie a estar juntos, algo que lo empeoraba mucho todo.

En aquel preciso momento y lugar, cambié mi apoyo y empecé a apostar por Stella Thatch y Sandra Tackett.

Al menos cabía esa posibilidad.

Deseaba creer que el amor sí podía acabar venciendo.

Llamé a Alex desde mi cuarto y le dije:

—Voto sí.

15. Aquel club de las familias rotas

—Mis padres se han separado. Mi padre se marchó de casa hace unos días —le dije a Booker conforme nos sentábamos en su porche acristalado—. No deja de ser gracioso: en cuanto yo me enamoro por primera vez, papá y mamá deciden dejarlo... como si hubieran estado esperando a que yo les cogiese el testigo. A que ondease yo bien alta la bandera del amor porque a ellos ya les dolían los brazos.

—Bueno, por lo menos Alex y tú os lleváis a las mil maravillas.

—¿Cómo sabías que Alex y yo pegábamos juntos?

—Ah, eso fue una corazonada.

—Pero la sincronización... Quiero decir que es como si tú supieras que me iba a hacer falta un novio cuando mis padres se separasen. Como si te diese la sensación de que todo esto era necesario. *Lo sabías*. Pero ¿cómo?

—Yo no sabía *absolutamente* nada sobre la situación de tus padres. No nos demos ahora al pensamiento mágico. Es solo que todos los jóvenes de dieciocho años tienen que estar enamorados. Por eso montamos historias como los bailes de fin de curso, aunque esos no sean para todo el mundo. Estás en un momento de tu vida en que tienes que sentir y creer a lo bestia... Así son las cosas.

—¿Has estado tú alguna vez enamorado, Booker?

—Claro que sí.

—¿Qué paso?

—Nada, por desgracia.

—¿Por qué?

—Falta de valor, principalmente.

Pensé en Wrigley, que se da la vuelta y sale corriendo justo cuando está a punto de llamar al timbre de su pareja del baile de fin de curso. Y en las gemelas de la vida real, que fueron reinas del baile. ¿Habría ido Booker al baile de verdad? ¿O se puso el esmoquin y se quedó con el dedo levantado ante el timbre para salir corriendo en el último instante?

—¿Te gustaría haber hecho las cosas de otra manera?

—Por supuesto. Eso le pasa a casi todo el mundo.

—¿Cómo se llamaba la chica?

—¿Por qué das por sentado que era una chica?

—¿Era un chico?

—No, una chica.

Me eché a reír.

—Háblame de esa mujer misteriosa tan especial.

Booker miró para otro lado.

—¿Es que nunca le dijiste lo que sentías? ¿Como Wrigley en...?

—Alto ahí —dijo Booker y me señaló con un dedo hacia la cara—. No comentaremos mi fracaso de novela.

—Desde luego que *no* fue un fracaso.

—¿Según qué criterio fue un éxito?

—Es mi novela preferida. La de Alex, también. Y ese crío, Oliver, al que Alex...

—Lo sé todo acerca de Oliver. Alex escribe sobre él constantemente. Pero ¿acaso es ese el propósito de escribir una novela, convertirte en el novelista preferido de alguien? ¿Es ese el motivo por el que escribimos o hacemos arte? ¿Crees que por eso escribí el libro? ¿Para ti? Oliver, Alex y tú ni siquiera existíais cuando me volví loco por la literatura y envié a Nueva York esa horrible colección de palabras. No lo escribí para ti. No, desde luego que no —había rabia en su voz, algo que no era propio de Booker.

—¿Para quién lo escribiste, entonces?

Sonrió y me dijo:

—Esas respuestas no las vas a conseguir así como así.

Asentí y se me ocurrió algo más que no tenía nada que ver.

—Nunca hablas sobre tus padres. ¿Tienes una buena relación con ellos?

—No conocí a mi madre. Dejó a mi padre cuando yo era pequeño, por un hombre más guapo y con más dinero al que conoció trabajando de camarera. El doctor Farrell. Creo que tuvieron un tórrido *affaire* en el callejón trasero, después en el hotel y por fin en la mansión del tipo, en la otra punta del pueblo desde donde yo vivía. Al otro extremo de los barrios bajos, como se suele decir.

—Así que os dejó a tu padre y a ti, ¿no?

—Sí, lo hizo. Y supongo que no puedo culparla. La verdad es que no era un hogar feliz. Prefiero pensar que al menos ella *sí* fue feliz. Mi padre era un hombre débil. No volví a ver a mi madre después de que se marchase.

—Te dejó tirado, por las buenas.

—Se olvidó de mí por completo. Tuvo más hijos.

—¿Y por eso no confías en las mujeres?

—¿Es que ahora eres Sigmund Freud, o qué? ¿Me tumbo en el sofá?

—Perdona.

—Confío en ti.

—No confías en mí lo suficiente para contarme lo de tu gran amor —le dije, y de repente me sentí otra vez cargada de electricidad, como si estuviera lo bastante cerca como para ir a por todas—. ¿No tendría una hermana gemela, por casualidad?

Booker no dijo nada durante un segundo, algo inusual. Una tristeza le oscureció el rostro antes de recobrar la compostura y decirme:

—No quiero hablar sobre mi pasado. ¿Cuántas veces te lo he dicho ya?

—Vale —el corazón me latía demasiado rápido, así que cambié de tercio—. Yo odio a mis padres. También los quiero. Pero sobre todo estoy harta de estar con ellos. ¿Tiene eso algún sentido, querer y odiar a alguien al mismo tiempo?

—Sí, me temo que sí que lo tiene.

—Y entonces, ¿qué debería estar haciendo yo ahora?

—¿A qué te refieres?

—No lo sé. Solo tengo dieciocho años, y sé que se supone que debería estar volviéndome gagá por mi último año de instituto y presentando solicitudes de ingreso en universidades, y haciendo planes para el resto de mi vida, pero es que no quiero nada salvo estar con Alex y contigo.

—Bueno, entonces alégrate de que nosotros dos también queramos estar contigo. Mira qué suerte, tener justo lo que deseas.

—Pero eso no va a durar. Cuando termine este año, todo será distinto.

—Y aun así contamos con el presente. Es todo tuyo, mío y de Alex. ¿No es maravilloso?

Le sonreí y le dije:

—Anoche salí a cenar con mi padre, y él me dijo que, ahora que ya no iba a jugar más al fútbol, me pusiera a escribir un documento de presentación magnífico para las universidades. Siguió y siguió hablando sobre eso y no me hizo ni una sola pregunta sobre mi presente. No creo que tenga noticia siquiera sobre Alex y sobre ti.

—Él se lo pierde —dijo Booker.

—Ojalá fueras tú mi padre.

—No pidas estupideces.

—¿Tan estúpido es?

—Si yo fuera tu padre, no podríamos ser amigos, ¿no? ¿Podríamos? Me odiarías a mí en lugar de a tu verdadero padre. Y me sentiría obligado a cerciorarme de que escribieses *un documento de presentación magnífico para las universidades*. Es probable que tú y yo no hablásemos de otra cosa. Y yo, desde luego, no estaría haciéndote de cupido si fuese tu padre. Así que, tal y como puedes ver con claridad, el hecho de que yo fuera tu padre lo estropearía absolutamente todo.

Pensé en ello y me sonreí; tenía mucho sentido.

—Oye, Booker. Si te volvieses a cruzar con ella, con el amor de tu vida, y ella quisiera estar contigo, ¿le darías otra oportunidad al amor?

—Eso no va a pasar.

—Pero ¿y si pudiera, en teoría?

—Ahora somos personas distintas. Pablo Neruda lo dijo mejor de lo que yo soy capaz. «Puedo escribir los versos más tristes esta noche». Léete el poema número veinte, si es que no lo has hecho aún. Te enamorarás de Neruda y desearás haber tenido dieciocho años cuando él los tuvo, haberlo conocido en Chile hace mucho tiempo. Te lo recitaría ahora mismo, pero me haría llorar, y odio llorar delante de jovencitas encantadoras.

Tragué saliva con fuerza y dije:

—«Había ocasiones en que mi amor por ella me hacía creer que yo era mejor de lo que en realidad era... ¿o se trataba quizá de que ella me hacía percatarme de mi propio potencial, que ella me hiciese posible trascender mi propio yo y llegar verdaderamente a serlo?». Nigel Wrigley Booker, *La parca de chicle*.

Abrió los ojos como platos y rugió:

—¿Cómo te has enterado de mi segundo nombre?

—Pues... —pero no fui capaz de pensar en una buena explicación sobre la marcha.

—¿Te lo ha contado Alex? ¿Te ha enseñado mi anuario?

No sabía qué decirle, así que no dije nada. Nunca había visto a Booker ponerse tan rojo.

—No tengo ningún interés en Sandra Tackett ni en Louise Tackett, que Dios acoja su alma. Y quiero que te marches. ¡Ahora mismo!

—Lo siento —le dije—. Yo solo estaba intentando...

—¡Que te vayas!

Booker tampoco me había gritado jamás de ese modo. La cara se le estaba poniendo morada, como si estuviera a punto de darle un ataque o algo por el estilo, y la expresión de su mirada era devastadora, porque veía el odio revolotear por sus pupilas. Me asustó, así que me marché.

En la calle, llamé a Alex e intenté contarle todo.

—Espérame ahí —me dijo—. Llego enseguida.

Cuando detuvo el coche junto a la acera, Oliver iba en el asiento del copiloto con aire cabizbajo. Llevaba las gafas sujetas con cinta adhesiva en el puente, donde una lente se unía a la otra sobre la nariz, y tenía la mejilla hinchada.

—¿Qué te ha pasado? —le pregunté.

—Lo mismo te podría preguntar yo —contestó Oliver.

—Sube —me dijo Alex, y lo hice.

Fuimos al campo donde Alex y yo habíamos visto alzarse la luna llena de octubre, y allí intercambiamos información.

Los niños bonitos se habían metido con Oliver en el descanso del almuerzo y le habían tirado patatas fritas mojadas en kétchup, lo cual explicaba las salpicaduras rojas que llevaba en la camiseta, así que Oliver informó al monitor del comedor, que se llevó a dos o tres de los niños bonitos al despacho de dirección. Los demás se fueron a por él cuando iba camino de casa desde el colegio, le rompieron las gafas y le dejaron magulladuras en las costillas como castigo «por chivato».

—Es como si el edificio de secundaria fuese una cárcel y me pudieran rajar en cualquier momento —dijo Oliver, optando tal vez por el humor, aunque no nos reímos.

—Esta noche voy a ir a sus casas. Voy a hablar con sus padres —dijo Alex.

—No lo hagas. Eso solo servirá para ponerme las cosas más difíciles —respondió Oliver. Me miró a mí y añadió—: ¿Y qué ha pasado en casa de Booker?

Les conté todo, y me dio la sensación de que no les hacía mucha gracia que hubiera filtrado información.

—Booker ya sabía que tenéis el anuario —dije en defensa propia—. Alex se lo contó.

—¿Le dijiste a Booker lo del anuario? —le preguntó Oliver a Alex.

—Con muchos rodeos. Solo para tantearlo, por así decir.

—Pero si no lo votamos —dijo Oliver—. ¡Lo votamos todo!

—Cierto. Culpa mía —dijo Alex.

—¿Culpa mía? —dijo Oliver.

Sentí cierta tensión, así que fui al grano.

—He votado sí a ponernos en contacto con Sandra Tackett. Vayamos ahora mismo.

—¿En serio? —dijo Oliver, y así supe que Alex no se lo había contado.

—Sí. Me apunto. Al cien por cien.

—Bueno, muy bien, entonces —dijo Alex—. Ya has oído a la señora.

—Pero si tengo la camiseta llena de manchas de kétchup —protestó Oliver—. ¡No quiero ir así a conocer a la auténtica Stella Thatch!

—Pasaremos primero por tu casa para que puedas coger el anuario, la otra fotocopia de *La parca de chicle* que hiciste y una camisa limpia —dijo Alex.

—También necesito darme una ducha, que no se conoce a Sandra Tackett todos los días —dijo Oliver, y nos marchamos.

Mientras íbamos en el coche, Alex no dejaba de mirarme por el retrovisor, ya que iba sentada detrás. Cada vez que su mirada se cruzaba con la mía, me sonreía radiante, como si ambos estuviésemos participando de la complicidad de una broma… o tal vez como si Oliver fuera nuestro hijo y tuviéramos planeado para él algún tipo de sorpresa de cumpleaños, por extraño que suene. Sin embargo, yo tenía la sensación de que no lo estábamos haciendo solo por nosotros, sino porque Oliver había tenido un día horrible en el colegio. Estábamos tratando de reparar aquel daño. Fue un alivio que Alex no pareciese enfadado conmigo por contrariar a Booker, porque al salir de su casa me había sentido de un modo muy similar a cuando intenté besar al señor Graves.

Mientras Oliver se duchaba y se cambiaba de ropa, me pasé al asiento del copiloto del Jeep.

—A Booker se le ha ido la pinza cuando le he mencionado a las gemelas Tackett —le dije—. Lo siento. No debería haberlo hecho. Pero tú ya le habías escrito acerca del anuario, así que no puedes estar muy enfadado conmigo.

—Claro que no —me dijo y se echó a reír.

Había un centelleo diabólico en su mirada.

—Tú sabes más de lo que parece —le dije.

—Quizá.

—¿A qué estás jugando?

—No es un juego.

—¿Sabes? Le he preguntado a Booker por qué nunca habla sobre su madre, y me ha contado…

—Que tuvo un lío con un médico y que lo dejó tirado. Muy triste.

—¿Lo sabías?

—Claro.

—Bueno, es que eso me ha hecho darme cuenta de que tú tampoco hablas nunca sobre tu madre.

Se encogió de hombros.

—También nos dejó a mi padre y a mí, salvo que no había ningún médico rico, ni mansiones ni asuntos tórridos.

Nos dejó por las buenas cuando yo tenía siete años. Eso destrozó a mi padre, que después se convirtió en una especie de zombi. Es un tío majo que me regaló esta pasada de Jeep, pero la verdad es que no está pendiente la mayor parte del tiempo. No como lo ha estado Booker, por lo menos. Mamá me envía una tarjeta de Navidad todos los años con un billete de cien dólares dentro, pero mi padre ya tiene suficiente pasta como para hacer que eso parezca un tanto penoso e irrelevante. No me gasto esos billetes de cien, se los doy a la primera persona con aspecto deprimido con la que me cruzo. Siempre un absoluto desconocido. Doblo el billete para poder ocultarlo en la palma de la mano y luego se la ofrezco a alguien triste. Cuando estrechamos las manos, le paso el dinero; pero nunca, jamás, hablo con esa persona. Si les permito darme las gracias, eso lo estropearía todo, así que me alejo rápidamente. Hace ya un tiempo que es una tradición navideña. Más allá de eso, no sé mucho de ella, la verdad.

—¿Confías ahora en las mujeres?

—¿Qué? —dijo y se echó a reír.

Lo dejé estar y le dije:

—¿Y el padre de Oliver?

—Una historia muy similar a las nuestras.

—¿Nuestras?

—Tu padre también se acaba de ir.

En un principio me sorprendió oírselo decir, pero luego caí en la cuenta de que yo ya formaba parte de aquel club de las familias rotas. Aun así, le dije:

—No es que me haya abandonado, exactamente. Nosotros cenamos juntos varias veces por semana.

—¿Y eso hace que te sientas mejor?

Aparté la mirada.

Oliver salió dando saltos por la puerta de la casa, luciendo un par de gafas de repuesto que eran demasiado pequeñas para su cara y una camisa nueva. Llevaba en los brazos el anuario y las fotocopias de *La parca de chicle*.

—¡Me has quitado el sitio!

—Se te ha olvidado pedirte ir delante. Sube detrás, colega —le dijo Alex, y un instante después íbamos camino de la casa de Sandra Tackett.

16. En el mismo sótano en el que tú estabas encerrada

En un chalet blanco de una sola planta con dos manzanos delante y un extenso jardín de flores a la derecha, una mujer de una edad similar a la de Booker abrió la puerta y dijo:
—¿En qué puedo ayudaros?
Lucía un vestido naranja de algodón con un jersey blanco. Tenía el pelo canoso pero con estilo, con una leve onda hacia el lado derecho de la cara. Llevaba una sombra de ojos de color peltre que de inmediato me dieron ganas de ponerme yo, por más que nunca en la vida me hubiese puesto sombra de ojos. A ella no le daba pinta de fulana como a la mayoría de mis compañeras de clase —que iban cargadas de sombra de ojos como unas actrices porno— sino que le daba un aire de misterio o incluso regio, como una reina.
—¿Es usted Sandra Tackett? —dijo Alex.
—La misma. Bueno, ¿y vosotros tres quiénes sois?
Alex nos presentó.
—¿Es usted esta de aquí? —le preguntó Oliver y sostuvo en alto el anuario de 1967 abierto por la página de su foto.
—¿De dónde diantres habéis sacado eso? —dijo y se echó a reír de muy buen humor—. La verdad es que yo soy

la de al lado. Mi hermana gemela y yo pensamos que sería gracioso engañar a todo el mundo. Ella se fotografió como si fuera yo, y viceversa.

Alex, Oliver y yo intercambiamos una mirada.

—Veamos… si no os importa que lo pregunte, ¿qué os trae hasta la puerta de mi casa blandiendo un anuario?

—Somos amigos de Nigel Booker —dije yo—. ¿Se acuerda de él? Iba a su clase.

—¿Cómo es que conocéis a Nigel? —preguntó.

—En rigor, somos sus fans —dijo Alex.

—¿Es que Nigel ahora tiene fans?

—¿Ha leído su novela? —le preguntó Oliver.

—No la he leído —dijo ella.

—Se publicó en 1988, pero la descatalogaron poco después —dijo Alex—. Creemos que dos de los personajes podrían estar basados en usted y en su hermana.

—Pero bueno… —exclamó y se llevó la mano al pecho como para sugerir que se sentía muy halagada—. ¿Por qué iba él a escribir sobre *nosotras*?

El hecho de preguntárselo era una mala señal para los partidarios de Stella. Si Sandra hubiera sido la gemela que estuvo con Wrigley en el bosque en la vida real, ahora sabría perfectamente por qué escribió sobre ellas. Pero claro, eso había pasado casi cincuenta años atrás, así que tal vez lo hubiera olvidado. También podría haber estado haciéndose la tonta, igual que hizo por su hermana gemela… bueno, al menos en la novela.

Al margen de qué teoría fuera la correcta, yo notaba que la mujer que teníamos delante estaba emocionada, y eso me asustaba, porque, ¿y si ella era la gemela mala de la novela? Si nos habíamos equivocado, aquella mujer no iba a disfrutar de la lectura de ninguna de las maneras. Era como si estuviésemos jugando con dinamita emocional.

—Y es una historia de amor —le dijo Oliver—. Tal vez, incluso, *una carta de amor.*

—Es un misterio que esperamos que usted nos pueda resolver —dijo Alex—. Nos gustaría entrevistarla después de que haya leído el libro.

—¿Y por qué no le hacéis a Nigel todas las preguntas que tenéis? El autor es él, así que podrá daros toda la información que os falte.

—No quiere volver a hablar de la novela —dijo Alex—. Ha establecido una moratoria para los comentarios sobre el libro.

—¿Por qué?

—Bueno —dijo Alex—, creemos que tiene el corazón destrozado. Y usted podría ser la mujer por la que suspira.

—¡Eso suena absolutamente salaz! —exclamó la mujer con una enorme sonrisa en la cara y ambas manos ahora sobre el corazón; parecía una buena señal para los partidarios de Stella—. ¿Dónde puedo conseguir un ejemplar de esa novela?

—Como le decíamos, está descatalogada —le contó Oliver—. Pero se la hemos traído fotocopiada.

Alex le mostró el fajo de fotocopias.

—Como ya le he dicho, esperábamos que estuviera dispuesta a leerla y después respondernos a unas preguntas.

—Bueno, desde luego que suena interesante. Y si algo tengo a estas alturas, es tiempo.

Alex le entregó las hojas, acordamos regresar hacia el final de la semana y ya no hubo vuelta atrás.

—¡Me pido delante! —chilló Oliver, y me relegó al asiento de atrás.

Alex y yo entramos a hablar con la madre de Oliver cuando fuimos a dejarlo en casa. Él se fue directo a su cuarto y cerró la puerta con algo más de fuerza de la necesaria. Alex dijo que iría a ver a los padres de los niños que le habían roto las gafas a Oliver, pero que ella tendría que hablar con el colegio. La madre accedió, aunque me dio la sensación de que no lo iba a llevar a cabo, porque no dejaba de repetir que llamaría «dentro de unos días, cuando todo se haya calmado», por más que Alex insistiera en la importancia de llamar de inmediato.

—Necesita a alguien que lo defienda. Dos personas serían todavía mejor que una —dijo Alex, y yo me daba cuenta de que estaba intentando hacer lo correcto, conseguir un cambio en la vida de Oliver, pero al mismo tiempo quería recordarle que él también era un chaval, y no el padre de Oliver.

El niño estaba en su cuarto, pero la casa era tan pequeña que debía de haber oído toda la conversación. En un momento dado, me levanté y fui a verle. Estaba fingiendo que leía *La parca de chicle,* y levantó rápidamente la mirada hacia mí cuando llamé a la puerta y la abrí.

—¿Estás bien? —le pregunté.

—Claro. ¿Tú estás bien?

—Claro.

No supe qué más decir, así que regresé al salón y esperé a que Alex terminase. Marcó el número del colegio de Oliver y, cuando saltó el contestador automático, le ofreció el teléfono a la madre de Oliver, pero ella no quiso cogerlo. Alex dejó un mensaje en el que le pedía al colegio que llamase a la madre de Oliver lo antes posible.

Alex aparcó el Jeep delante de mi casa.

—No le has dicho prácticamente nada a Sandra Tackett cuando hemos ido a verla. Todo lo hemos dicho Oliver y yo.

—No creo que debas ir esta noche a ver a los padres de esos niños —respondí cambiando de tema por completo.

—¿Por qué?

—Porque tú no eres el padre de Oliver. Porque tú sigues siendo un adolescente igual que yo. Y nos quedan ocho meses de instituto por delante y...

—A ese chaval le zurran todos los días. Tenemos que hacer algo.

—En todos los colegios de los Estados Unidos hay niños a los que les zurran.

—Exacto.

—Y yo también me siento como si me estuvieran dando una zurra, Alex —aquellas palabras salieron de mis labios antes de que tuviese una verdadera oportunidad de pensar en lo que estaba diciendo—. Ni siquiera sé ya lo que pasa conmigo.

—¿Qué quieres decir?

—Están ocurriendo tantas cosas a la vez que tengo la sensación de estar en el aire o algo así.

—¿En el aire? ¿Porque tu padre se ha marchado?

—Eso es parte.

—¿Y?

—También me preocupa que acabemos de perder a Booker.

—No lo hemos perdido. Confía en mí —me dijo Alex y a continuación me besó en los labios.

Sabía cálido y con cierto dulzor del chicle que estaba mascando.

—¿Es un doble de menta de los de Wrigley? —le pregunté, porque siempre estaba tratando de emular a su personaje preferido de ficción.

—¡Por supuesto! —respondió—. ¿Qué iba a ser si no?

Por alguna razón, tuve un mal presentimiento. En sí y de por sí, mascar aquella marca de chicle no era para tanto, pero me había empezado a preocupar que Alex estuviese llevando demasiado lejos el culto a su ídolo.

—¿Qué le vas a decir a los padres de esos chavales?

—Voy a interpretar al cíclope.

—¿Haciendo qué, exactamente? ¿Aspavientos con las manos en alto y un ojo cerrado?

No pretendía que sonase en plan sarcástico, pero desde luego que lo hizo.

—Tú no sabes lo que es ser Oliver. Alguien tiene que hacer algo. Voy a hablar con los padres, a intentar razonar con ellos.

—Cuando yo tenía la edad de Oliver, la gente solía toserse en las manos y llamarme «bollera» corriendo cuando se cruzaban conmigo. Yo fingía que me daba igual, pero me importaba. No sé si eso es peor que el que te rompan las gafas o no, pero los chicos todavía me sueltan insultos homófobos aún peores.

—¿En serio? ¿Por qué?

—No tengo ni idea, ya que no soy lesbiana. Además, tampoco sé por qué es algo tan malo que te llamen lesbiana, y como yo no soy homófoba, ¿por qué me molesta? Soy incapaz de saberlo.

—¿Cómo se llaman los chicos que lo hacen?

—También lo hacen las chicas.

—Dame todos los nombres.

—Venga, en serio.
—Desde luego que va en serio.
—Son un montón. ¿Qué harías si te diese una lista?
—Encargarme de ello.
—¿Qué significa eso? No puedes andar peleándote con todo el mundo, Alex.
—¡Desde luego que sí! —dijo, y se le quebró un poco la voz—. ¡Te peleas con todo el que haga falta, o no cambiarán las cosas! ¡No cambia nada!

Guardamos silencio un rato, y después le dije:
—No te metas en ningún lío esta noche. Prométemelo.
—¿En qué tipo de lío crees que podría meterme charlando con un grupo de padres de una urbanización residencial? —me sonrió de un modo que me decía que la ira había amainado y que Alex volvía a tener el control de sí mismo—. ¿Me obligarán a cortarles el césped de esos jardines a los que parece que les han hecho la manicura? ¿Tendré que lavarles el monovolumen? ¿Lanzarnos unas bolas de béisbol?
—No lo sé. Es que tengo un mal presentimiento, nada más.
—Bueno, entonces te daremos uno bueno —me dijo al inclinarse para besarme.

Nos enrollamos un rato y después le dije que tenía que marcharme.

Cuando entré, mi madre se estaba bebiendo una botella de vino, a solas en la cocina. Dos tercios ya habían volado.
—¿Estás bien, mamá?
—Sí, muy bien —me dijo arrastrando las palabras solo un poco, no estaba demasiado mal—. Tenía reservado este Gravelly Meadow de Diamond Creek de 2002 para una ocasión especial, y se me ha ocurrido que esta misma noche po-

dría ser especial si lo abría. ¿Crees que deberíamos reformar la cocina? He estado aquí sentada mirando los electrodomésticos, y ha sido como si me dijeran que estamos viviendo unos siete años en el pasado. ¡Tenemos que ponernos al día!

—¿Vale?

—Pues la reformamos a la de ya, ¿correcto?

—Eeeh... ¿ahora mismo?

—No hay momento mejor que *el presente* para empezar a vivir *en* el presente.

—¿No podemos dejar las cosas como están hasta después de que me gradúe? No estoy segura de ser capaz de asumir más cambios.

—¿Esperamos hasta el verano, entonces?

—Claro, si fuera posible. Lo agradecería. Es probable que para entonces haya cosas más nuevas. Mejores electrodomésticos. Quizá tengan incluso robots que cocinan para ti y que después lo limpian todo. ¿Podríamos esperar a que haya de esos?

—Por ti, Nanette —me señaló a la cara con el dedo—. Lo voy a hacer. Por ti.

—Gracias, mamá.

—¿Estás utilizando protección con ese chico?

—¿Qué?

—¿Te hace falta tomar la píldora?

—Mmm, me voy a mi cuarto.

—Sé lista, Nanette. Seguiremos hablando por la mañana, en el desayuno. ¡Nada de sexo sin protección! «¡Póntelo, pónselo!», se decía en mi época...

Hice un gesto negativo de pura incredulidad con la cabeza, subí a mi habitación y me tumbé en la cama. Eran tantos los pensamientos que me daban vueltas en la cabeza, que empecé a tener la sensación de ir a vomitar en cualquier momento a causa del mareo.

Cogí el ejemplar de *La parca de chicle* del señor Graves, lo abrí por una página al azar, la setenta y uno, y leí lo siguiente: «Supe que había llegado al final de la niñez cuando me di cuenta de que los adultos que había en mi vida no sabían más que yo, y entonces, en un fogonazo, supe que todo cuanto había precedido a aquel preciso instante era una especie de juego al que jugaban los supuestos adultos que se hacían guiños los unos a los otros cuando tú no estabas mirando [...] gente que fingía ser lo que no era, como Papá Noel, el Ratoncito Pérez, entrenadores de deportes, profesores, nuestros ídolos, también. La triste verdad, sin embargo, era que ellos no eran mejores de lo que éramos nosotros, y la mayor parte de las veces eran mucho peores, porque ellos llevaban en este planeta mucho más tiempo que nosotros, y por tanto habían tenido la oportunidad de adoptar más vicios, más preocupaciones y más tristeza».

Aquellas palabras hicieron que dejase de darme vueltas la cabeza, aunque solo fuese por la sensación de que alguien más había tenido antes que yo los mismos pensamientos. Me reconfortaba, igual que saber que alguien había sobrevivido ya a un tornado metiéndose en el mismo sótano en el que tú estás encerrada, así que continué leyendo hasta que no me quedó una sola palabra del libro —tal y como había hecho ya tantas veces— y solo entonces logré quedarme dormida.

17. No huyeron para salvar el pellejo, sino que se tiraron de cabeza a mi río de lava

Lo primero que hice a la mañana siguiente fue llamar al móvil de Alex, y, al ver que no lo cogía, se me empezó a retorcer el estómago. Mientras caminaba hacia el instituto, no dejé de llamarle y enviarle mensajes de texto diciéndole que era importante y que por favor me llamase en cuanto le fuera posible. No hubo respuesta. Cuando revisé el móvil durante las horas de estudio, había un mensaje de voz de la madre de Oliver.

>Anoche arrestaron a Alex. Le dio un puñetazo al padre de uno de los niños que se metían con Oliver. La policía ha venido esta mañana a interrogar a Oliver. He decidido que no vaya a clase. Está solo en casa porque yo tengo que trabajar. Está asustado. ¿Te importaría pasarte a verlo y quedarte un rato con él? El padre de Alex le ha dicho a la policía que lo dejen encerrado para que aprenda la lección. No estoy segura de lo que va a ocurrir. Si pudieras echarle una mano a Oliver para que pase mejor el día, te estaría muy agradecida, aunque solo te acerques a verlo después de clase. Gracias.

Salí directamente del edificio y me salté las clases por segunda vez en mi vida. Cuando llegué a casa, saqué del garaje mi bicicleta de carretera y eché a pedalear con furia. Tardé poco más de una hora en llegar a casa de Oliver. Até la bici a la valla de tela metálica de su jardín trasero y llamé tres veces a la ventana de su cuarto, como hacía Alex.

Se levantó la persiana, y por la expresión del rostro de Oliver supe que le había decepcionado que no fuese Alex. Subió el estor de todas formas, subí y entré.

—¿Estás bien? —le pregunté.

Asintió, pero no parecía estar bien ni de lejos.

No se había peinado, y aún llevaba puesto el pijama de una pieza, probablemente de niña por el diseño salpicado de rosas de color rosa. Me pregunté cómo habría encontrado su madre una talla tan grande, y por qué diantre se lo pondría Oliver, sobre todo cuando su madre no estaba en casa y él podía hacer lo que quisiera. La única respuesta fue que, en efecto, debía de *gustarle*.

—¿Qué ha pasado? —le pregunté.

—Yo no quería que Alex fuera a sus casas. Me obligó a decirle dónde vivían. Me dijo que no pasaría nada, pero ahora está metido en la cárcel.

—¿Qué dicen que ha hecho?

—Le ha pegado al padre de Pete Mandrake. Un puñetazo en la cara.

—¿Por qué?

—No le gustan los niños bonitos, o los «aterradores», como él dice. A mí tampoco me gustan, pero esto no está bien. No debería haberlo hecho.

—¿Sigue en la cárcel?

—Creo que sí.

La *cárcel*.

Qué horrible sonaba aquello.

Como si fuera un lugar para otra gente, no para la que tú conoces.

—Me van a matar cuando vuelva al colegio —dijo Oliver, y fue entonces cuando reparé en las lágrimas que se le estaban formando en las comisuras de los párpados, así que lo abracé y lloramos juntos hasta cansarnos. Me sorprendí alisándole el cabello, como si fuera su madre, y me desconcertó. Nunca había pensado en mí misma en un sentido maternal. Y aun así, allí estaba, consolando a aquel niño.

—Esto se ha convertido en algo muy gordo. Esos chavales no te van a volver a tocar. Todo el mundo los estará vigilando: sus profesores, la policía. Ya verás. A partir de ahora te van a dejar en paz.

—Pero ¿qué pasa con Alex?

—¿Está muy lejos de aquí la comisaría de policía local?

—Solo a unos veinte minutos andando, diría yo.

—¿Tienes bici?

—Claro.

—Vale. Ponte las gafas rotas. Vamos a la comisaría a ver a Alex. A lo mejor nos dejan entrar si les das pena.

Solo tardamos diez minutos en llegar en bicicleta a la comisaría, pero la mujer que había detrás del cristal nos dijo que no podíamos entrar a ver a Alex.

—No puedo dejaros pasar.

Discutí con ella y le señalé las gafas rotas de Oliver, pero ella no dejó de decirme que no con la cabeza.

Justo cuando estaba a punto de abandonar, un agente de policía que se encontraba detrás de ella levantó la vista y se acercó a nosotros.

—Ese es el agente que me ha interrogado hoy —me dijo Oliver al tiempo que saludaba con la mano.

—Déjalos pasar, Cheryl —le dijo el policía a la mujer.

Ella puso los ojos en blanco.

—¿Para qué tener normas, si te las vas a saltar constantemente?

—Hoy invito yo al almuerzo, ¿vale?

—Si tú lo dices.

Entonces oímos un zumbido, se abrió la puerta y conocí al agente Damon, que lucía unas patillas largas y finas y llevaba un lacito negro anudado en el pulgar de la mano izquierda. Nos llevó a un cuarto aislado que parecía uno de esos sitios donde interrogan a los criminales en la tele. Las paredes, el techo y el suelo, todo, era de hormigón salvo una mesa de madera y cuatro sillas. Sin ventanas. Una luz deslumbrante colgaba de la oscuridad que había más arriba. Lo más extraño es que también había un frigorífico pequeño en el rincón.

—¿Es aquí donde presionan a los delincuentes para que se vengan abajo y canten? ¿Donde juegan a eso del poli bueno y el poli malo? —le pregunté.

—No —dijo el policía—. Esta es nuestra sala de descanso, pero aquí nadie canta ni juega a nada. Es donde venimos a comer, pero no nos comemos a nadie, solo el almuerzo.

Nos mostró una sonrisa sincera, de oreja a oreja.

A pesar de todo lo que estaba sucediendo, le correspondí la sonrisa. Me cayó bien aquel poli.

—¿Eres la novia de Alex? —me preguntó.

—No nos ponemos etiquetas, pero a todos los efectos, sí, aunque solo sea para que todo esto resulte más sencillo. ¿Podemos verle?

—Alex ha pedido «su llamada de teléfono» y nos ha dicho que quería hablar contigo, pero, como es menor de edad, hemos tenido que ponernos en contacto con su padre, y es él quien tiene la última palabra ahora. Sin embargo, le pasé tu número a Oliver y a su madre. Alex me pidió que lo hiciera.

—Alex solo estaba intentando que los abusones dejaran de pegarme y romperme las gafas. No se mete en la cárcel a la gente por hacer eso —dijo Oliver—. Es lo que le he dicho esta mañana. ¡Déjenle salir, por favor!

—No, aquí no se mete a nadie en la cárcel por plantarle cara a unos abusones —dijo el agente Damon—, pero sí por acoso y agresión. Me temo que vuestro amigo se ha metido en un lío muy serio. Os dejaré que habléis con él, así que tratad de hacerle entrar en razón. Nosotros queremos lo mejor para todo el mundo. Estoy empezando a pensar que se siente orgulloso de estar en la cárcel. Eso no quedará muy bien que digamos cuando esté delante del juez.

—¿Un juez? —pregunté.

—Agredió a Peter Mandrake. Ya ha confesado que lo hizo, y el señor Mandrake va a presentar una denuncia. La situación es muy real.

Sentí que el alma se me iba de nuevo a los pies.

—Así que, ayudad a Alex a ver la seriedad de todo esto.

El policía nos condujo a una celda pequeña con los barrotes pintados de color beige, quizá de dos metros y medio por uno y medio. No había ventanas, y las luces se encontraban fuera de la celda, de manera que el rostro de Alex estaba a la sombra de los barrotes. Era horrible verlo encerrado como un animal, y, aun así, estaba completamente segura de que se había comportado como un animal que debía estar encerrado. Eso me asustaba.

—¿Estás bien? —le pregunté.

—Mejor que nunca —dijo Alex al tiempo que se levantaba del camastro de un salto—. Aquí dentro soy como Henry David Thoreau. Nelson Mandela. Jesucristo, incluso.

—Esto no es broma. Te van a denunciar —le dije.

—Que lo hagan.

—¿Qué?

—Que lo hagan, he dicho.

—Podrías ir a la cárcel.

—Ya estoy aquí.

—Pero definitivamente.

—Lo dudo. De entrada, soy menor. Y si metieran en la cárcel a todo aquel que le haya dado un puñetazo a alguien, apenas quedaría nadie fuera. ¿Por qué no encierran a los chavales que pegaron a Oliver? ¿Por qué nadie se lo pregunta?

—Yo no quería que hicieras eso —dijo Oliver.

—Lo sé —contestó Alex—. Pero he tenido que hacerlo. Y no me he sentido más vivo en toda mi vida. Como si por fin tuviera yo la última palabra, como si esa gente supiera que no lo voy a aguantar más.

—¿Aguantar qué? —le pregunté.

Sonrió y citó a Wrigley en *La parca de chicle:*

—«No me pueden convertir en uno de ellos sin mi permiso».

No supe qué responder. Yo misma lo había subrayado muchas veces porque me encantaba, pero al ver cómo aquello había acabado metiendo entre rejas al único chico al que había besado, la cita de Wrigley cobró una connotación distinta. Y me pregunté si sería ese el problema de la literatura: que solo tenía sentido en situaciones teóricas, y que no solía ser de ayuda en la vida real, donde era necesario muchísimo más valor para vivir que para pasar las páginas a solas, escondida del mundo en un rincón, en la cama o debajo de un árbol.

—He estado escribiendo poesía aquí metido. Esta experiencia está siendo como una musa —dijo Alex—. Las palabras me salen a borbotones. Anoche escribí un poema titulado «El poder de ser consciente».

Me fijé en el cuaderno que había encima del catre. Sobre este, un bolígrafo. Me sorprendió que le dejasen tener esas cosas en una celda.

Cuando advirtió que lo estaba mirando, Alex cogió el cuaderno, arrancó el poema, lo dobló y me lo entregó a través de los barrotes.

Preocupada por que el poli me confiscara el poema de Alex, me lo guardé rápidamente en el bolsillo de delante de los vaqueros.

—No puedes ponerte a escribir poemas en la cárcel, Alex. ¿Es que has perdido la cabeza?

—Pero qué dices. ¡La cárcel es el sitio perfecto para escribir poesía! ¡La poesía es el idioma de los oprimidos!

Sonaba como si estuviese loco.

—Pero ¿qué pasa con nuestra misión? —dijo Oliver—. ¿Qué me dices de Sandra Tackett y de esclarecer el misterio de *La parca de chicle*?

—Todo a su debido tiempo, amigo mío. Todo a su debido tiempo.

—Alex —le dije—. Estás en la cárcel. ¡En la cárcel! Esto es muy serio. No puedes ir por ahí pegándole puñetazos en los morros a la gente.

—Yo no he ido «por ahí pegándole puñetazos en los morros a la gente». Estaba defendiendo a Oliver y los derechos de todos los que alguna vez se han encontrado en la situación de Oliver. Lo que está en juego es una cuestión de principios. A mí no me da miedo pagar el precio de mis convicciones. Wrigley pensaría lo mismo.

—¿Le has preguntado a Booker qué piensa él de que hayas acabado en la cárcel? —quise saber.

—Booker es un hombre mayor. No le puedes pedir a un viejo que te aconseje sobre lo que tiene que hacer un joven. Pero sí puedes leer *La parca de chicle*. Eso puedes hacerlo, desde luego. ¡Y yo lo he leído un millón de veces!

Una obsesión se había apoderado de la mirada de Alex. Me aterrorizaba, pero, al mismo tiempo, resultaba atractiva la honestidad en que Alex envolvía la conversación. Ni siquiera la cárcel era capaz de obligarle a ponerse una máscara y mentir de cara a los demás. Era demencial, simple y llana locura, pero de un tipo seductor. Era como estar junto a una gran hoguera que danza, que lo calienta y lo ilumina todo, pero que también amenaza con consumirte por el camino. ¿Cuánto más de aquello sería yo capaz de soportar?

Al final, el agente Damon regresó y nos dijo que nos teníamos que marchar.

Alex se agarró a los barrotes de la celda y dijo, sin más, una afirmación con voz tranquila:

—Te quiero, Nanette.

Ningún chico había proclamado nunca su amor por mí de ese modo, y me quedé de piedra.

Estábamos en una cárcel.

Oliver y el agente de policía estaban delante.

Pero, sobre todo, yo no estaba segura de seguir queriendo a Alex, y no quería mentirle, así que me limité a asentir y seguí los pasos del agente para salir de la comisaría.

—¿Por qué lleva un lazo negro en el pulgar? —le preguntó Oliver al policía cuando este levantó la mano izquierda para abrirnos y que saliésemos.

—No es necesario que responda a eso —le dije al policía.

—No —dijo él—. No pasa nada. Me lo ato ahí para que la gente me haga justo esa pregunta. Hace diez años mi hijo fue secuestrado y asesinado. Tenía seis años, de ahí lo del *sexto* —de uno en uno, el agente Damon fue moviendo los dedos de la mano derecha. A continuación mostró el sexto dígito, el pulgar de la mano izquierda—. Seis años. Ahora tendría más o menos tu edad, Nanette. Joshua volvía andando a casa desde el colegio. Se lo llevaron a plena luz del día. Lo metieron en una furgoneta y se largaron. Así, por las buenas… mi hijo había desaparecido. No le puedo devolver la vida a Joshua, pero sí puedo ejercer de agente de policía y tratar de hacer del vecindario un lugar más seguro. Ingresé en las fuerzas del orden a causa de aquel suceso.

—¿Y no le pegó una paliza al secuestrador? —preguntó Oliver—. ¿Esa es la moraleja de la historia? Usted hizo lo contrario que Alex.

—Yo quería *matar* al que secuestró a mi hijo. Ahora está en la cárcel. De por vida. Pero no, no le di una paliza. Trato de proteger a los demás y de ayudar a los chavales que son como tu amigo Alex. La gente paga un precio muy elevado por las malas decisiones que toma. Con frecuencia, es a los desconocidos a los que más daño se les hace.

—Lamento que le arrebataran a su hijo —le dije.

El agente Damon asintió y dijo:

—Tu amigo Alex ha tomado una mala decisión. Pero tampoco tiene por qué encadenar una detrás de otra.

Oliver y yo hicimos un gesto afirmativo con la cabeza y nos marchamos.

Acompañé al chaval a casa y le volví a decir que los abusones no irían a por él ahora que las cosas habían salido a la luz y que, si bien el plan de Alex era una estupidez, probablemente hubiese funcionado en el sentido que él pretendía: iban a dejar de abusar de Oliver.

—Ahora todo el mundo está atento a ver qué hacen —le aseguré.

Cuando lo devolví a su cuarto, Oliver miró por la ventana y dijo:

—Si encierran a Alex por mucho tiempo...

—Alex no va a estar...

—Pero, si lo está ¿me ayudarás tú a resolver el misterio?

—¿Qué misterio?

—*La parca de chicle*. Las gemelas Thatch. Sandra Tackett.

—Sí, lo haré —le dije.

—¿Lo prometes?

—Lo prometo.

A pesar de lo amargo de nuestro último encuentro, pedaleé hacia la casa de Booker y me quedé aliviada al ver que parecía contento de verme.

—Dios mío, Nanette, ¿por qué tiemblas de esa manera? ¿Te encuentras bien?

—Perdona que te moleste, pero es que ha pasado algo horrible.

—Pasa. Cuéntamelo todo.

Nos sentamos en su salón, y las palabras me salieron a borbotones. Booker se iba poniendo más y más tenso, como una catapulta justo antes de soltar disparada su carga contra el enemigo.

Cuando terminé, hizo un gesto negativo con la cabeza.

—De manera que está utilizando mi novela como excusa para ponerse en plan justiciero con el resto del mundo. ¿Es que no ve que ahora soy un hombre pacífico? ¿Por qué no me imita *a mí*, en lugar de imitar a mi personaje literario? Por eso retiré el libro de la venta en su día. ¡Todo el mundo empezó a ponerse como loco después de leerlo!

Fue un insólito momento de honestidad por parte de Booker al respecto de *La parca de chicle*, así que decidí insistir en el tema.

—¿No fue por la muerte de Louise Tackett? Lo de negarte a que se reimprimiese el libro.

—¡Desde luego que no! No me puedo creer que Alex esté en la cárcel. ¿Cómo es posible que todo haya vuelto a salir tan terriblemente mal, otra vez? ¡Es como si me hubiera caído una maldición!

—¿A qué te refieres con «otra vez»? —le dije.

—Ah, es que ha habido otros.

—¿Otros?

—Jóvenes que han hecho estupideces después de leer mi novela. De verdad, creía que Alex era más listo. Que él lo entendía. Mira que he sido selectivo últimamente. ¿Sabes cuánta gente se pone en contacto conmigo por mi libro? Ahora solo me relaciono con los pacíficos. Y tú… de entre todos ellos, tú tenías que haberlo comprendido y haber evitado todo esto.

Pensé en la poesía violenta de Alex, me pregunté cuánto había llegado a leer Booker, o si Alex solo le habría mostrado los que el viejo deseaba leer. Entonces le dije:

—¿Comprender qué?

—¡Que yo ayudo a los jóvenes con la palabra! Las palabras pueden ayudar, igual que la amabilidad, las cartas, las cenas, las partidas de Scrabble, el amor, hablar con otras personas que se sienten como tú y sentarte en el jardín con don Quijote. ¡Cuánto podríamos aprender todos de las tortugas! El libro hace que sientas; eres tú quien tiene que descifrar por ti misma los sentimientos. Tú reflexionas sobre ellos. Los comentas. Los reinterpretas. Y si lo haces correctamente, tienes una catarsis. Se supone que eso ha de hacerte sentir mejor. ¡Es una limpieza del alma! Purificación. Eso es lo que *catarsis* significa en griego. ¿Es que no os enseñan nada en el instituto en estos tiempos? ¿Qué va a hacer Oliver si Alex acaba en la cárcel? ¿De verdad cree que el crío va a estar mejor? Oliver preferiría pasar un rato de calidad con Alex aunque eso significara que se metiesen con él. ¿Cuán obtuso puede llegar a ser un adolescente? Yo no voy a cargar con la culpa de este. Nunca he hecho apología de la violencia. Nadie culparía a Shakespeare si los chavales empezasen a beber cicuta y a matarse los unos a los otros con espadones. ¿Por qué me molesto siquiera con vosotros, los jóvenes? Me parece que con esto podría haber acabado de una vez por todas con los adolescentes. Quizá seamos una especie condenada. Tal vez deberíamos rendirnos todos. Abandonar. Wrigley tenía razón en eso. ¿Qué sentido tiene intentar comunicarte cuando acaba llevando a las malas interpretaciones y a la violencia? Ni siquiera los chavales más listos lo captan. ¡Y Alex es brillante!

Estaba rojo y despotricaba.

Casi echaba espuma por la boca.

Me estaba asustando más aún que cuando le insistí acerca de las gemelas Tackett.

De pronto, Booker sonaba muy parecido al resto de los adultos que había en mi vida —a la defensiva, agotado, resignado—, y no me gustaba. Me hacía confiar menos en él. Y me deprimía de lo lindo.

—Me parece que me voy a ir ya, Booker. ¿Vale?

—Muy bien. Vete a casa, entonces. ¡Abandóname! Y no vuelvas nunca. No soy bueno para los tuyos... los jóvenes.

Estaba atónita.

—¿Me estás *desamigando,* en la vida real?

—A la luz de los recientes sucesos, ¿qué otra cosa se puede hacer? Nos ahorraré a los dos mayores dificultades. Tú y yo: hemos terminado —dijo de modo mezquino. Las manos levantadas. Los hombros encogidos. Los ojos entornados. Podía sentir la ansiedad y la frustración que manaban de él. Tenía que salir de allí, y eso suponía una sensación nueva, porque antes siempre había sentido calma cerca de Booker, me había sentido atraída hacia él.

Me encogí de hombros y me marché.

Los ojos se me empezaron a humedecer en el camino a casa en bicicleta, y no se debía al aire en la cara.

Cuando llegué a mi casa, mi padre estaba en el salón, sentado en el lado opuesto del mismo sofá blanco que ocupaba mi madre.

—¿Por qué te has saltado las clases? —me dijeron los dos casi al unísono—. ¿Dónde has estado?

—¿Sabéis qué? Os voy a contar la verdad —les dije, y entré en erupción.

Les conté todo: desde Shannon y los rumores que hizo correr sobre que yo era lesbiana; mi odio por el fútbol; mi adoración por *La parca de chicle;* el beso al señor Graves; que prácticamente todas las chicas del equipo de fútbol eran unos bombones alcohólicos; mi relación con Alex, que se dedicaba a defender a los niños y había acabado en la cárcel; hasta el hecho de no estar segura de si quería ir a la universidad el año siguiente.

—La verdad es que ya no estoy segura *de nada*. No tengo ni idea de lo que quiero hacer mañana, y no digamos ya el año que viene o cualquier otro año después de ese, y vosotros dos vais y os separáis ahora, y es como empezar de cero sin mapa de ninguna clase, ¡y estoy asustada, vale! ¡Estoy acojonada, joder!

Me puse a llorar de mala manera, y no podía parar.

Me sentía como si un montón de años de ansiedad y preocupación estuvieran tratando de liberarse al mismo tiempo, como un volcán emocional, quizá, salvo que mi padre y mi madre no huyeron para salvar el pellejo, sino que se tiraron de cabeza a mi río de lava. Los dos saltaron del sofá y me rodearon con sus brazos aunque eso significara tocarse el uno al otro. Nos quedamos así durante un buen rato, y me sentó bien, casi lo suficiente para justificar todo lo que había precipitado aquello, pero no tanto.

Más tarde, en mi cuarto, busqué en el diccionario la palabra *obtuso*.

«Poco perspicaz» y «torpe» son sinónimos.

Quizá yo fuera obtusa.

18. Al sacudirle el cráneo con el puño

EL PODER DE SER CONSCIENTE
de Alex Redmer

Fui a los hogares de cuatro padres
cuyos chicos causaban terror
a un amigo mío
y dije: «¿Podéis hacer que pare?».
«¿Parar QUÉ?», dijeron ellos.
«El terror», repliqué.
Se rieron, los cuatro, como si
les hubiese contado el mayor de los chistes.
Ofrecieron después perogrulladas
como unas tiritas de ridículo tamaño
para quien se desangra,
porque le han cortado una mano.
«Son cosas de críos».
«Los niños han de aprender a valerse por sí mismos».
«Así es como se van haciendo mayores».
«Toda historia tiene dos versiones».
«Mi hijo no ha sido».
«¿Qué ha hecho el otro para provocarlos?».

Y esos pequeños aterradores,
obligados a dar la cara ante mí,
demostraron unas dotes para el embuste
muy por encima de su edad,
capaces de iluminar el rostro de sus padres
con un orgullo cegador, potente,
que resplandece con un brillo
insuperable.
Y entonces fue
cuando vi por qué los niños bonitos
se sentían invencibles, porque
envidié el modo en que sus padres
creían en ellos, los defendían,
aunque estuvieran mintiendo.
Y cuando me percaté de mi derrota
y de que continuaría cayendo derrotado
para siempre, por siempre,
solté un gancho al cuarto padre,
tras haber aguantado a los tres primeros,
cuyos dientes blanqueados
refulgían en una burla
que requería contestación,
y voló la saliva de sus labios
con el retroceso de la cabeza
al sacudirle el cráneo con el puño
a aquel hombre bonito, progenitor de niños bonitos
que dobló las rodillas,
y se perdió el brillo.
Y su hijo se echó a llorar
como hacen los niños bonitos.
Y cuando le pregunté qué tal sentaba

ver el dolor de un ser querido,
no tuvo respuesta,
por supuesto,
porque nunca lo supo
hasta entonces,
pero
ahora
conoce
el poder de ser consciente
y seguro que los amigos de este niño bonito
ahora
también
lo
saben.

Segunda parte

19. Acaba con el «yo»

A Alex lo van a enviar a un instituto para jóvenes problemáticos en la zona oeste del estado de Pensilvania. Con pintura de cera de color naranja me escribe una carta de varias páginas y me la manda a través del servicio postal. Ha garabateado las palabras, demasiado grandes, alocadas, desastradas y torpes, y me cuenta que ahora, en teoría, no tiene permitido comunicarse conmigo (ni con nadie). Su padre le ha confiscado el iPhone y el ordenador, y también va a vender su Jeep. Le obligaron a disculparse ante el señor Mandrake, que ha accedido a retirar la denuncia por acoso y agresión si Alex se marcha de inmediato a un reformatorio y permanece allí durante el resto del año escolar. El reformatorio cuesta un dineral, tal y como repite constantemente el padre de Alex. «Más o menos lo mismo que un Jeep nuevecito».

«¿Qué otra cosa cabe decir? —escribe Alex hacia el final—. ¿Debería pedirte que me esperes como si fuera un soldado que se marcha a la guerra? No sé qué será de mí "en el oeste" (a lo mejor soy como uno de esos buscadores en la fiebre del oro, que deja en casa a su mujer, ¿no? ¡Ja, ja!). Me han dicho que me puedo "ganar" el derecho de comunicarme con el mundo exterior, pero que no podré hacerlo durante al menos seis semanas desde mi "fecha de inicio", o quizá más si no me reformo, ¡algo que es muy poco probable que haga! Voy a tener que colar esta carta a escondidas en el buzón de correos cuando mi padre no esté mirando. Cree que ejerces una mala influencia sobre mí. ¡Me parto! En especial desde que sé que no apruebas mis decisiones. Tú PIENSAS IGUAL que mi padre. Pero así son los adultos. Gente insensible. No lamento lo que hice. Tal vez sea ese mi problema. No lo sé. Ya lamento no poder verte. De verdad te quiero, Nanette. Eres lo mejor que me ha pasado en mucho tiempo. Eres perfecta tal y como eres. La primera mujer sin defectos que conozco. Me pondré en contacto contigo cuando pueda, pero entenderé perfectamente si no me puedes esperar. ¿Te importaría echarle un ojo a Oliver y, quizá, llevarlo de nuevo a ver a Sandra Tackett? Resuelve el misterio de *La parca de chicle,* aunque solo sea por el chaval. A lo mejor podéis ir juntos a ver una película, de esas buenas que ponen en los cines de arte y ensayo de Filadelfia. O llévatelo a conocer a Booker ya de una vez, si eres capaz de convencer al viejo para que lo haga. No creo que los niños bonitos vuelvan a tocarle las narices. Me alegro de estar recluido si eso supone haber puesto en su sitio a los niños bonitos. Y, mientras tanto, ¡¡¡¡¡no dejes que esos cabrones te hundan el ánimo!!!!!».

En una posdata hay un poema breve.

EL HOMBRE DEL ZOO EN EXPOSICIÓN
de Alex Redmer

Leones, cebras, jirafas,
cobras reales, gorilas, camellos,

osos polares, tigres, elefantes,
ballenas asesinas, águilas, delfines,
orangutanes, llamas, guepardos,
pandas gigantes, avestruces, gacelas,
etcétera, etcétera, etcétera, etcétera.
Enjaulamos y exhibimos
a todos los animales del mundo,
hagan lo que hagan,
pero tal vez sea a los mejores hombres,
a los que se niegan a comportarse,
a los que toman partido,
a los que se encierra.
(¡Animales del mundo, uníos!)

¿Qué se supone que he de hacer con estas palabras tan demenciales?

El acto de violencia de Alex y que se haya apartado de mí... ¿Hace eso que mi primer novio sea también uno de los cabrones?

No lo sé.

Pero no quiero salir con alguien que vaya dándole puñetazos en la cara a los padres de los demás y a quien después envíen al reformatorio.

No quiero salir con un «Hombre del Zoo» al que tengan encerrado, aunque él considere que no tengo «defectos».

Creía que conocía a Alex, y lo que teníamos estaba muy bien. Por un tiempo, jamás me había sentido más segura de nada en toda mi vida. Sin embargo, Alex no era quien parecía ser en un principio, y eso —paradójicamente— es justo de lo que él afirma estar en contra: el «postureo», o la «pompa», tal y como dice Wrigley.

Gracias a mi arrebato de gritos, ahora mis padres están al tanto y se han mostrado muy atentos, lo bastante preocupados como para llevarme a ver a una terapeuta, la doctora June Westerfeld, una mujer de aspecto juvenil que insiste en que la llame June en lugar de «doctora Westerfeld».

June es muy delgada, con el pelo rubio oscuro y largo, y los ojos de un verde intenso, y viste unos pantalones de yoga ajustados que hacen lucir sus piernas fuertes y bien torneadas y unos jerséis pegados que le realzan las tetas, pequeñas y juveniles. También se pone la cantidad perfecta de maquillaje, algo que destaca sus asombrosos pómulos sin llamar demasiado la atención, y todo ello hace difícil que la mujer te caiga bien de primeras, en especial porque tiene una respetada consulta en el centro de la ciudad de Filadelfia, justo a la vuelta de Rittenhouse Square, y porque parece tenerlo todo claro, al contrario que yo, Nanette O'Hare, quien no tiene absolutamente nada resuelto. Así que al principio nuestras conversaciones son muy poco fluidas. June hace una infinidad de preguntas, y yo veo cómo pasan las nubes a través de la ventana de la decimocuarta planta. No lo hago por joder; es que en estos días no tengo demasiadas respuestas.

Si las palabras son aire, yo soy una rueda pinchada.

Se habla de que soy introvertida y de que tengo una personalidad rebelde que antes había reprimido.

Cuando se me pregunta si es cierto que en general no me caen bien mis compañeros de clase, pienso «eso es lo mismo que si me preguntara si tengo diez dedos en las manos mientras las está mirando, o si necesito inhalar aire por la nariz de manera regular mientras me ve respirar».

Y, aun así, asiento con entusiasmo.

Solo por joder, le pregunto por qué la palabra *terapeuta* en inglés se puede convertir en *violador* con solo añadir un espacio tras la «e».*

—¿Es que te dedicas a violar mentes?

Sin apartar la mirada de mis ojos, June me dice que no va a perder el tiempo con juegos inútiles cuya única intención es distraernos del trabajo que tenemos delante, y parece molesta cuando finalizamos nuestra segunda sesión.

Durante mi tercera visita June me pregunta por *La parca de chicle,* y eso me dice que mis padres se dedican a rellenar los vacíos de información cuando me piden que me quede sentada en la sala de espera al final de las sesiones, porque yo no he mencionado mi novela preferida ni una sola vez en las citas anteriores. Según parece, a June le gustaría leer *La parca de chicle;* esto me sorprende, pero me agrada en gran medida. En calidad de misionera de la literatura verdaderamente buena, no lo puedo evitar. Y, dado que llevo conmigo el ejemplar del señor Graves, decidimos fotocopiar las doscientas veintisiete páginas allí mismo, en la oficina de June, haciendo caso omiso del aviso legal impreso al comienzo del libro, y violamos la ley de derechos de autor en un auténtico arrebato rebelde en el que todo me la suda mientras la máquina suelta un fogonazo tras otro y va escupiendo las páginas llenas con las palabras de un Booker mucho más joven.

Disfruto del momento de fotocopiar la novela más de lo que parece razonable, aunque no estoy segura de por qué. El mío es un celo casi religioso. Quizá la literatura sea mi

---

* En el original, *therapist* (terapeuta) y *the rapist* (la violadora). (N. del T.)

religión, ¿no? ¿Podría convertirse en mi vocación hacerme misionera de la novela de ficción? A lo mejor eso de atraer con el verdadero arte constituya un acto revolucionario tal y como una vez sugirió el señor Graves. Booker podrá creer que no existe eso de la ficción, pero Nanette O'Hare... bueno, ella cree.

Por algún motivo, empiezo a hablar de Alex y le cuento todo a June mientras trabajamos. Mis padres pagan trescientos dólares por la hora de sesión, pese a que no hacemos nada salvo unas fotocopias ilegales y hablar de mi vida amorosa. «¿Será de ayuda una terapia semejante?». La disposición de June a leer *La parca de chicle* le hace parecer más enrollada de lo que pensaba en un principio. Me pregunté por qué mis padres no me habrían pedido el libro de Booker para leerlo. Mis padres no son unos rebeldes, decido, y eso forma parte del problema, aunque quiera que mis padres se mantengan estables y conserven su compromiso con la muy convencional idea del matrimonio hasta que la muerte los separe. La paradoja no se me escapa.

Durante la cuarta sesión, demostrándome que se ha leído la obra maestra de Booker, June me pregunta con cuál de sus personajes me identifico más.

—¿Con Wrigley? ¿Con los chicos de primaria que le dan vueltas a la tortuga con los palos? ¿Con una de las gemelas? ¿Con la masa sin rostro que forman los compañeros de clase? ¿Los profesores? ¿Los padres? ¿O tal vez...?

—Ted el Improductivo —digo con una gran seguridad—. Soy la tortuga.

—Lo cual convierte a Alex en tu Wrigley.

—Él diría que sí, desde luego. Ha hecho todo lo que estaba en su mano con tal de emular a su ídolo de ficción preferido.

—¿Y por qué Ted el Improductivo muerde a Wrigley? Si tú eres la tortuga, seguramente me lo podrás decir.

Nunca me había parado a pensar en ello.

Y tampoco estoy segura de sentirme cómoda con la interpretación de esta metáfora.

Al final de la novela, Ted el Improductivo está mareado, desorientado, sí, pero tal vez se deba a que no es capaz de distinguir entre los niños que lo aterrorizan y Wrigley, que aterroriza a los niños.

Quizá, después de tantas experiencias desagradables con los seres humanos, al fin y al cabo, una mano es una mano.

—¿Estás intentando decir que Alex no es mejor que los niños que se valen de la violencia para conseguir lo que quieren? —le digo a June—. Eso ya lo sé yo, ¿vale? Que no soy gilipollas.

Cada vez me gusta más decir tacos.

Joder.

Joder.

Joder.

Joder.

Joder.

—Pero ¿cómo te sientes? Tú como Ted el Improductivo. *Nanette la Improductiva*, digamos. No estamos analizando tu inteligencia, sino tus sentimientos, que, al menos para mí, son un poco más nebulosos.

«Nebulosos».

Pienso en mí como en una galaxia lejana y neblinosa que se extiende en el cielo nocturno y digo:

—Como si me hubieran estado dando vueltas sobre el caparazón durante demasiados años. Me siento absolutamente mareada. Como si la vida fuera un borrón, y el tiovivo no dejara de dar vueltas cada vez más y más rápido. A veces me cuesta agarrarme al caballito o a la barra, y me dan ganas de morder cualquier puta mano que se me acerque porque ya no soy capaz de distinguir cuáles son buenas y cuáles son malas. Puede que como si ya no hubiese bien ni mal. ¿Entiendes siquiera a qué me refiero?

Esto conduce a una charla sobre la numerosa gente que hay en mi vida, la mayor parte de la cual no tiene en cuenta mis sentimientos o «no se ha dado cuenta de que, bajo el "caparazón", Nanette es muy vulnerable» y esto puede resultar desconcertante para muchos porque desde siempre mi «caparazón» ha demostrado ser de lo más resistente. Me ha protegido durante dieciocho años antes de fallar.

—Dieciocho años es mucho tiempo —dice June—. Es toda tu vida, así que tal vez todo el mundo haya empezado a dar por supuesto ese caparazón. ¿Cómo iban a saber que no aguantaría para siempre? No tengo muy claro que ni siquiera tú lo supieses. ¿Lo sabías?

No lo sabía, no. Me echo a reír ante una pequeña epifanía como aquella. Qué bien sienta reír. Me gusta la manera en que June ha convertido mi fracaso en un cumplido utilizando poco más que palabras. Al menos me reconoce el mérito de haber sobrevivido a los primeros dieciocho años de mi vida. El mérito disminuye mi deseo de decir «joder» tantas veces.

June sugiere «algo que puede sonar un poco raro al principio». Me pide que acabe con mi «yo» mental. De primeras, pienso que está sugiriendo que tengo un ojo en el cerebro,* pero resulta que June se refiere a mí en primera persona.

—Vivimos metidos en nuestra cabeza, que puede llegar a ser un lugar aterrador, Nanette. Se nos olvida que no somos solamente un «yo», sino también un «tú» o un «ella». Se nos olvida vernos tal y como nos ven los demás. Para cierta gente, el problema es el narcisismo, que son egoístas, están muy pendientes de sí mismos. Pienso, sin embargo, que tu problema es que eres demasiado desinteresada. Te preocupas más por las necesidades de los demás que por las tuyas. Eres fuerte para ellos, aun en detrimento de tu propio bienestar.

—¿Entonces por qué dejé el fútbol, cuando lideraba la tabla de goleadoras y todo el mundo quería que jugase? —le digo, tal vez con un poco de orgullo de más—. Eso lo hice por mí, absolutamente.

—Tal vez solo abandonas cuando estás demasiado agotada para continuar, ¿no? Quizá hicieras lo que deseaban los demás, jugases, marcases goles y fueras tan fuerte para el resto durante tanto tiempo que acabaste llegando al límite y, bueno, te hundiste. Y fue entonces, *y solo entonces,* cuando fuiste capaz de abandonar. Al final no se trató tanto de una decisión, sino de algo similar a dejar de pagarle el almuerzo a tus amigas únicamente cuando te has quedado sin dinero. Las palabrotas. Enseñarles los dedos. No son precisamente prueba de una decisión racional, meditada. De un modo muy similar al de Alex, que se puso a darle puñetazos a la gente. ¿Te parece extraño que haya hecho que lo envíen a un

---

* En el original, *I* («yo») y *eye* («ojo»), que se pronuncian igual en inglés. *(N. del T.)*

reformatorio justo cuando vuestra relación está floreciendo, justo cuando estáis a punto de poner fin al misterio de *La parca de chicle*? ¿No tiene algo de autosabotaje, quizá?

Tiene sentido.

—Y lo de Booker, que publicó una obra maestra, obtuvo buenas críticas incluso en los principales periódicos y retiró el libro de la venta apenas un año después —le digo—. Es lo mismo. ¿Y por qué me siento atraída hacia los hombres que se comportan así?

—¿Quizá porque tú también lo haces? Dejar el fútbol justo antes de batir un récord. Decidir que no vas a la universidad justo cuando estás a punto de recibir una beca. ¿No ves el patrón?

No me gusta el patrón.

Y creo que odio a June por haberlo visto ella primero.

Me siento como un pedazo de tonta del culo.

—Quiero que hagas un experimento —dice June, y a continuación sugiere que empiece a pensar en mí misma en tercera persona, no como «yo», sino como «ella»—. A Nanette se le da muy bien tomar decisiones para otras personas. Ella ve claramente que Alex no debería haber hecho lo que hizo. Sin embargo, cuando está decidiendo para su «yo», Nanette en primera persona, es una chica mucho menos segura. Así que, ¿por qué no vivir un poco en tercera persona y ver qué tal va? Empieza a verte como a alguien distinto. Refiérete a ti misma como «Nanette» en tu monólogo interior, en esas palabras que te recorren el cerebro durante todo el día. Acaba con el «yo». Tal vez también podrías empezar a llevar un diario en tercera persona. Tú ya no eres «yo». Eres «ella» o «Nanette».

—Lo intentaré, supongo. ¿O debería decir que *ella* lo intentará?

—Nanette lo intentará —dice June—. Dilo tú.

«¿Y por qué no, coño?», pienso, y entonces le digo:

—Nanette lo intentará. Nanette vivirá ahora en tercera persona. Nanette O'Hare solo hablará en tercera persona. Nanette O'Hare va a poner de los nervios a todo el mundo hablando en tercera persona, lo cual, ahora que lo piensa, podría proporcionarle un inmenso placer.

June sonríe.

—Veamos hacia dónde nos lleva.

20. No ha vencido el amor, necesariamente

Booker no llama a Nanette al móvil, algo que la tiene muy contrariada, porque ella le llama varias veces, le deja mensajes detallados y también su número de teléfono por si acaso lo ha perdido.

Cuando llama con los nudillos, él no abre.

Tiene las puertas exteriores apestilladas; ella lo sabe porque ha probado los picaportes de las tres.

Está dentro.

Ella oye cómo él se aleja de las ventanas con paso apresurado.

Crujen sus suelos de madera noble.

Sus luces se encienden y se apagan por la noche.

Oliver la llama muchas veces, pero Nanette no lo coge.

No contesta a los mensajes del chaval.

Cae en la cuenta de que se ha convertido en el Booker de Oliver.

Nanette es una hipócrita, ya que espera que Booker esté ahí cuando ella necesita que esté, pero le sienta mal que el joven Oliver quiera de ella exactamente lo mismo.

June dice que no pasa nada por que Nanette se ocupe de sí misma antes de empezar otra vez a ocuparse de otros. También sugiere que tal vez Booker esté haciendo lo propio. Todo el mundo necesita ocuparse de uno mismo. Nanette no solo tiene que trabajar en preocuparse de sí misma, sino también en permitir que los demás hagan lo mismo. June sugiere que los padres de Nanette también tienen que trabajar en eso, y que tal vez se trate de una conducta aprendida, o transmitida de padres a hijos.

Su padre regresa a casa a vivir y vuelve a dormir en la misma habitación que su madre, y parece una buena señal aunque solo fuera porque es una cosa diferente menos. *Estabilidad.* Es ciertamente paradójico lo mucho que esta rebelde ama esa palabra ahora. Nanette sabe que eso no significa que su padre y su madre vuelvan a quererse —no ha vencido el amor, necesariamente—, pero le gusta tener otra vez a su padre en casa. Él no le pregunta ya por la universidad, por el fútbol ni por la bolsa, y Nanette lo agradece. En cualquier caso, ella se pregunta si eso significa que su padre no se está ocupando de sí mismo, sino sacrificando su propia salud mental por la de su hija. «¿No es eso lo que hacen los buenos padres?», se dice Nanette, pero no es capaz de llegar a convencerse de que eso esté bien. Si su padre fuera un auténtico rebelde, ya se habría ido hace mucho.

Nanette pregunta si podrían jugar los tres una partida de Scrabble todas las noches, y, para su enorme sorpresa, sus padres aceptan.

Juegan cada noche durante semanas, deletreando palabras, sumando puntos, hallando maneras de alcanzar las casillas coloreadas que multiplican sus marcadores, enseñándose con el ejemplo los unos a los otros cuáles son las palabras buenas de dos letras con las que jugar, palabras que están en el diccionario del Scrabble, que nadie utiliza jamás en la vida real pero son muy prácticas a la hora de colocar letras en el tablero. Palabras como *ex, ox, jo, ka, xi, za,* y demás.

Nanette se pregunta si será ella el equivalente de tales palabras en la vida real.

Es muy práctica cuando su padre y su madre desean sentir que forman parte de una familia, pero no es capaz de hallar su propia utilidad fuera de aquel metafórico tablero de Scrabble que, de todas maneras, últimamente se estaba viniendo abajo y que sin duda estaría finiquitado de no ser por la crisis que ella había sufrido.

Nanette se pregunta por la coincidencia temporal.

Como Alex iba a un instituto distinto, en el de Nanette no hay nadie que sepa lo que ha hecho, y, dado que ella se apartó del equipo de fútbol y del resto de la gente de su instituto, suele vagar invisible por los pasillos, como un fantasma.

Si los chicos se tosen en las manos y le dicen «comecoños» cuando se cruzan con ella, Nanette ya no los oye.

June dice que esa manera de distanciarse puede ser sana.

Eso es lo que ella denomina «sensación fantasmal»: distanciamiento.

Con los ojos abiertos como platos y la voz esperanzada, los padres de Nanette le hacen montones de preguntas todas las noches.

«¿Qué tal hoy en el instituto? ¿Cómo te sientes? ¿Quieres que hablemos de algo? ¿A qué hora te gustaría jugar al Scrabble? ¿Hay algo en lo que te gustaría que te ayudásemos? ¿Has pensado en algo para el año que viene? No es que te queramos meter prisa, porque no lo estamos haciendo, ¿no? No nos referimos necesariamente a la universidad, sino al futuro en general. Nos gustaría hablar de eso cuando tú estés dispuesta. Pero tienes tiempo».

Nanette responde a esas preguntas con la mayor vaguedad posible, bueno, excepto la del Scrabble —la familia siempre juega a las ocho en punto de la tarde, el mejor momento del día para ella—, pero se alegra de corazón de que sus padres le hagan preguntas. Papá y mamá vuelven a comportarse con ternura, es agradable. Parecen de verdad interesados y mucho menos manipuladores. June les ha hecho ver la seriedad de la situación de Nanette, y ella piensa que ojalá su familia hubiese encontrado a June hace mucho tiempo.

Nanette también piensa que ojalá su familia hubiese empezado hace años a jugar al Scrabble con regularidad.

Le gusta colocar las letras en un tablero, entrelazar palabras con sus padres, meter la mano en la bolsita aterciopelada de las letras y preguntarse qué sacará, y cada turno es una nueva oportunidad que le hace sentirse como una maga de las letras que introduce la mano en su sombrero mágico.

El Scrabble.

Eso es lo que tienen ahora los O'Hare.

En ocasiones Nanette se presenta voluntaria para recoger el juego, pero cuando sus padres se marchan de la habitación, ella se queda mirando el rompecabezas de aquel crucigrama que ha creado su familia, piensa en los copos de nieve y se pregunta si una vez terminada la partida habrá dos tableros de Scrabble idénticos.

Nanette agradece la representación gráfica de su familia y el tiempo que han pasado juntos, las palabras que ha escogido cada uno —nombres y verbos, preposiciones y adjetivos, conjunciones, adverbios y pronombres—, palabras que solo ellos, los O'Hare, habrían escogido. Toma una fotografía mental con una exposición dilatada y vuelca las letras en la bolsita, dobla el tablero, devuelve la caja del juego al armario y ya empieza a pensar en que llegue la hora de la siguiente partida.

21. Lo que la puso en el cohete espacial camino de donde sea que se dirija ahora

Después de algo así como seis semanas de vagar como un fantasma por el instituto, diez sesiones de terapia y cerca de cuarenta y dos partidas de Scrabble, Nanette por fin se siente lo bastante bien como para ir a visitar a Oliver. Lo hace a mediados de diciembre. En el suelo hay una fina capa de nieve crujiente cuando llama a la ventana del dormitorio de Oliver.

—¿Alex? —dice él mientras sube volando la persiana, y luego Nanette ve cómo se le cae la cara por la decepción. Oliver abre la ventana de todas formas, y ella sube—. ¿Has tenido noticias suyas? —le pregunta.

Nanette le hace un gesto negativo con la cabeza y dice:

—¿Y tú?

—Ni una palabra.

—¿Te están dejando en paz los niños bonitos? —Nanette utiliza la expresión «niños bonitos» porque no sabe de qué otra forma referirse a los torturadores de Oliver.

—Sí. Hemos tenido que ir todos a esas reuniones en las que te sientan en un círculo y compartes tus sentimientos con el psicólogo del colegio, y ahora los niños bonitos son excesivamente atentos conmigo.

—Eso es bueno, ¿no?

—No lo sé. Todos los días me preguntan si alguien me anda molestando, como si alguien más me fuese a torturar. Es un poco raro, y creo que prefería cuando se portaban mal conmigo todo el rato, por extraño que suene. Su manera de ser agradable es como tener una boa constrictor enrollada en el cuello y hacer como si nunca fuera a asfixiarte y a matarte. A lo mejor es como si el psicólogo del colegio estuviera alimentando a la boa con ratones vivos para que nunca tenga hambre, así que, si deja de hacerlo... De verdad, no lo sé.

Nanette asiente y deja que termine Oliver.

—El psicólogo del colegio, el doctor Fricke, también me lleva a su despacho una vez a la semana para una visita en solitario, y siempre es durante la clase de ciencias, que es la que más me gusta. ¿Por qué me tengo que perder mi clase preferida por el hecho de ser una víctima? Es como si me derrotaran dos veces.

Nanette vuelve a asentir.

—El doctor Fricke me hace un montón de preguntas que me parecen inútiles, como «¿echas de menos a tu padre?» y «¿tu madre se está ocupando de ti?» o «¿te pones triste alguna vez?». Le digo que quiero ir a clase de ciencias porque es la hora que más me gusta, pero él me dice que su calendario es muy estricto, y eso me hace pensar que en realidad no le importan tanto mis sentimientos por mucho que él lo diga una y otra vez.

A Nanette le sorprende que Oliver lo esté retomando justo donde lo dejaron, sin que le toque explicarle dónde se ha metido ni disculparse siquiera por dejarlo allí plantado, pero ella también lo agradece. No quiere tener que hacer un refrito de todo aquello. Y tampoco pensaba pedirle disculpas, ya que ella no había hecho nada malo. Lo que hace es contarle al joven Oliver todo acerca de June y las conversaciones rebuscadas aunque útiles que mantienen en el despacho de la decimocuarta planta en pleno cielo de Filadelfia, y que Nanette ahora vive en tercera persona, algo que, en realidad, le está gustando.

—¿Y las clases? —pregunta Oliver, así que ella le explica su concepto de vagar como un fantasma y que hablar en tercera persona mantiene a raya a todo el mundo porque la gente lo flipa. Y el chico dice—: Sí, yo también. La misma estrategia. Pero yo lo llamo Mister Invisible. Y no hablo en tercera persona.

Nanette le cuenta que hace poco la han obligado a asistir a un evento para animar a los equipos de baloncesto; cerraron el instituto y metieron a todo el mundo en el pabellón para rendir culto a unos pocos alumnos que eran los mejores driblando con una pelota y metiéndola por un aro. Le pregunta a Oliver cómo se ha llegado a eso, ¿cómo era que todos los institutos a lo largo y ancho del país decidían que los atletas necesitaban que los animasen para elevar su orgullo y su autoestima? ¿Acaso no bastaba con que la gente pagase una entrada para ver a aquellos chavales competir en sus partidos? ¿No bastaba con que la gente animase desde la banda, con ver sus nombres en los periódicos? ¿Por qué no cogían a todos los solitarios que vagaban como fantasmas por los institutos y montaban un evento para animarlos? ¿Por qué no obligaban a los más populares del instituto a sentarse en aquellas gradas tan duras y a animar hasta que se les cayese el culo de dolor?

—Aquí tenemos a Nanette O'Hare, antigua jugadora del equipo de fútbol del instituto que ahora no hace nada porque está deprimida y va a ver a una terapeuta. ¡Démosle un fuerte aplauso! ¡A ver cómo le dais vuestros ánimos, porque de verdad los necesita! Los miembros de la banda, por favor, ¡que empiecen a tocar una versión instrumental cursi de un rap muy conocido mientras Nanette sale al centro de la pista y saluda a todos los que no sufren una depresión! ¡Vamos a animarla de verdad! ¡Animadla la hostia!

Oliver se ríe, pero de una forma un tanto triste e incómoda, y Nanette se da cuenta de que se está poniendo en plan autolastimero, si es que existe esa palabra.

—¿Y qué has estado haciendo? —pregunta él—. ¿Has estado viéndote con Booker?

—Hace ya meses que Booker no le devuelve las llamadas a Nanette. Tampoco la deja entrar en su casa. Hace como si no hubiese nadie cada vez que ella va por allí.

—¿Por qué?

—Por Alex. El puñetazo que le dio a aquel padre hizo que Booker alucinase. Según parece, ya ha habido otros chavales que han leído *La parca de chicle* y han reaccionado de forma violenta. Es una especie de tendencia.

—Pero tú y yo no hemos reaccionado con violencia —dice Oliver—. Y hemos leído el libro más de cien veces. Seguro que la mayoría de la gente que lo ha leído no ha reaccionado con violencia. Es solo que nunca se habla de esa gente porque son ciudadanos respetuosos de la ley, quizá.

—Es cierto —dice Nanette y piensa en lo maduro que parece Oliver para su edad.

—Entonces, ¿por qué castiga Booker a los no violentos que *de verdad* entienden el libro?

—June, la terapeuta de Nanette, dice que se está boicoteando él solito, igual que Alex. Eso significa que hacen cosas para asegurarse su fracaso con tal de no tener que afrontar las consecuencias y las responsabilidades del éxito. A decir verdad, Nanette está empezando a pensar que Booker está mal de la puta cabeza. Exactamente igual que Wrigley.

Oliver pone cara triste, y Nanette no sabe si está molesto por que ella diga tantas palabrotas o si está triste por Booker, que está mal de la puta cabeza. Y entonces el chico dice:

—¿Has vuelto por casa de Sandra Tackett?

Nanette se ha olvidado por completo de Sandra Tackett, algo que parecería casi imposible dadas las circunstancias y que, sin embargo, es cierto. En la confusión posterior a lo de Alex, no es que Nanette se haya olvidado de la existencia de Sandra Tackett, es solo que se le ha olvidado que le dieron *La parca de chicle* y que es probable que ya haya terminado de leerla, a menos que sea una lectora rematadamente lenta. Quizá a Nanette se le haya olvidado que sigue habiendo un misterio por resolver. De pronto se pregunta qué pensará Sandra de la novela de Booker y si la antigua compañera de clase de Nigel será capaz de identificar a las personas de la vida real en quienes están inspirados los personajes principales. ¿Sabe para quién escribió Booker *L. P. C.*? Así, de pronto, allí sentada con Oliver, es como si volviese a tener una importancia enorme, igual que hallar una miguita de pan en el bosque tras meses de deambular perdida y recordar que una miguita de pan te pueden conducir a la salida del bosque, a salvo, aunque solo fuese en los cuentos de hadas. Nanette está empezando a pensar que su vida es un cuento de hadas, y que los cuentos de hadas son mucho más reales de lo que sospechamos inicialmente, la primera vez que los leemos de pequeños.

—Sandra Tackett ni siquiera se le ha pasado por la cabeza en una temporada —dice Nanette—, pero, ahora que la mencionas, tal vez Nanette debería pasarse a verla...

—Podríamos ir esta misma tarde.

—No tenemos coche.

—Tengo bici. Y tú también. ¡Y tenemos piernas para pedalear!

«El optimismo de este chaval no tiene fin», piensa Nanette, y se pregunta si eso será bueno o malo.

El optimismo desaforado te planta una diana bien grande en la frente.

Oliver y Nanette atraviesan la nieve y el hielo en bicicleta, un camino que resulta ser lento y muy frío, pero se las arreglan para llegar hasta la casa de Sandra Tackett. Tienen los pantalones empapados de aguanieve, y a Nanette también se le han mojado los calcetines. Cuando se ve reflejada en el cristal de la antepuerta, tiene los labios azules.

Llaman al timbre y se quedan estupefactos cuando Booker —que no viste más que una camiseta interior y unos calzoncillos boxer— abre la puerta de la casa de Sandra y de inmediato se la cierra en las narices de un portazo.

—¿Ese era quien yo creo que era? —dice Oliver, a quien nunca le han llegado a presentar de manera oficial a Nigel Wrigley Booker, pero sí ha visto fotografías del novelista supuestamente recluido.

—Mmm, sí —dice Nanette con una sonrisa de oreja a oreja—. Desde luego que lo era. Y, según parece, no está vestido, lo que resulta *muy* interesante.

—¿Que no vaya vestido significa que se lo está montando con Sandra Tackett? —pregunta Oliver.

—Muy probablemente, sí —afirma Nanette.

Después de llamar al timbre cerca de cinco veces, aparece Sandra con una bata de seda de aspecto japonés —«¿Un kimono, tal vez?»— y dice:

—Hola, niños. Me temo que me habéis pillado en un momento muy inoportuno. ¿Dónde os habéis metido tanto tiempo? Hace varias semanas que terminé el libro, pero no volvisteis, y, bueno, el momento en que venís no podría ser peor. Perdonadme, pero no puedo hablar ahora.

—Hace un minuto que ha salido Booker a abrir la puerta, e iba en calzoncillos —dice Nanette. Por alguna razón se acuerda de una frase del *Otelo* de Shakespeare que viene muy al caso y que leyó en clase de literatura el año pasado. Su profesor, el señor Sherman, muy normalito y bastante aburrido, no les dio una explicación cuando leyeron la frase en voz alta, de modo que la mayor parte de sus compañeros de clase no captó la gracia, pero Nanette se rio y la anotó en el cuaderno para utilizarla en el futuro—. No estarían «haciendo la bestia de dos espaldas», ¿verdad?

—¿Qué es la bestia de dos espaldas? —pregunta Oliver.

Nanette sonríe al ver cómo se retuerce Sandra Tackett en su kimono.

—Ay, madre —dice Sandra—. ¿Os gustaría volver mañana por la tarde a tomar el té con unas pastas? Mañana me vendría muchísimo mejor. Sí, seguro que sí.

—Claro —contestan Nanette y Oliver al unísono.

—Muy bien, entonces. ¿A las cuatro? —dice Sandra Tackett.

—Aquí estaremos —responde Oliver.

—Salude a Booker —dice Nanette—, y dígale que Nanette O'Hare le echa mucho de menos.

Sandra asiente una vez antes de cerrar la puerta.

Mientras regresan pedaleando entre la nieve y el agua, Oliver dice:

—Me parece que acabo de caer en qué es eso de la bestia de dos espaldas. Si acierto, la verdad es que prefiero no pensar en Booker y Sandra haciéndolo.

—Aciertas —dice Nanette.

Tienen que dejar de pedalear y echar pie a tierra porque ninguno de los dos es capaz de dejar de reírse.

—Ojalá hubiera estado aquí Alex —dice Oliver.

—Podría haber estado —dice Nanette con frialdad—. Él decidió no estar.

Oliver deja de reírse.

—¿Es que has roto con él?

—¿Cómo vas a romper con alguien que ya no está en tu vida? Nos ha abandonado.

Continúan pedaleando y, cuando suben por la ventana del dormitorio de Oliver, su madre los está esperando allí.

—¡Estaba preocupada! Me podías haber dejado una nota, ¿sabes? —le dice al chico. A Nanette, le dice—: No creía que fuésemos a volver a verte. ¿Sabes algo de Alex?

—No —dice Nanette—. Quizá no sea tan santo al fin y al cabo.

—Ha conseguido que esos chicos dejen de meterse con Oliver.

Nanette pedalea a casa, juega al Scrabble con sus padres, pasa otro día en el instituto vagando como un fantasma y pedalea a casa de Oliver. Los dos avanzan en bicicleta con mucha más facilidad ahora que la quitanieves acaba de pasar por las calles, y a continuación esperan a que el iPhone de Nanette marque las 15:59; en ese momento llaman a la puerta de Sandra.

—¡Hola! —dice ella completamente vestida y con mucho más entusiasmo—. ¡Pasad!

Nanette y Oliver siguen a Sandra al interior de la casa a través de un salón con un reloj de pie, sofás y una mesita auxiliar de cristal y entran en lo que parece un invernadero, pero en realidad es una cocina cuyas paredes están hechas enteras con ventanales. La luz anaranjada de la puesta de sol entra desde todos los ángulos. Nanette y Oliver se sientan ante la barra de la cocina, y Sandra les sirve un té de naranja con crema de leche y unas galletas de limón. A Nanette, eso le recuerda a cuando comía galletas con el señor Graves, algo que le hace sentir nostálgica y triste por un segundo.

—Quiero daros las gracias por haberme traído un ejemplar de *La parca de chicle* —dice Sandra—. En cuanto lo terminé de leer, busqué a Nigel en la guía de teléfonos, y, después de una conversación muy larga que nos permitió recordar los viejos tiempos, pues bueno, empezamos a vernos. ¡No se me ocurre cómo explicar lo que ha sucedido más allá de deciros que nos hemos enamorado perdidamente!

—¿En serio? —dice Nanette.

—¡Me siento como si volviese a ser una colegiala!

—Entonces, él escribió el libro para usted, ¿no? —dice Oliver—. ¿Era usted la gemela a la que él se refería en la novela? ¿Wrigley se había enamorado de Stella, y no de Lena?

—A ver —dice Sandra—, no es tan sencillo, ni mucho menos. Si estáis tratando de averiguar qué circunstancias de la vida real llevaron a Nigel a escribir *La parca de chicle,* me temo que toda la historia de las gemelas no es más que una pista falsa. Aunque como homenaje resulta extraño. A menos que Booker solo me esté halagando, esos personajes sí que están basados en mi difunta hermana, Louise, y yo. Así lo ha reconocido, a pesar de que ni mi hermana ni yo hablásemos con tortugas en el bosque y, tal y como él mismo ha admitido, nunca nos pidió ir al baile a ninguna de las dos.

Dice Oliver:

—¿No le confesaba usted todos sus problemas a una tortuga junto al arroyo? ¿Booker no llegó a pedirle nunca que lo acompañase al baile?

—No —dice Sandra—. Esas cosas jamás sucedieron.

—¿Cómo está tan segura de que no fue su hermana quien las hizo?

—Así me lo ha dicho Booker —dice Sandra—. Y yo conocía a mi hermana mejor que nadie. Era mucho menos probable que ella se enamorase de un chaval como Nigel. Creedme. Fue al baile de fin de curso con el capitán del equipo de fútbol americano. El *quarterback*. Louise fue la chica popular por antonomasia hasta el día en que murió. Si alguna de las dos se hubiese dedicado a hablar con tortugas en el bosque, esa habría sido yo, sin duda. Ojalá hubiera sido yo y ojalá Nigel me hubiese encontrado en aquel entonces. Cuando iba al instituto, estaba desesperada por mantener algún tipo de conversación sincera y profunda con algún chico.

—Entonces, ¿para quién está escrito el libro? —dice Nanette—. ¿Y por qué está dedicado al «foso de los arqueros»?

—No lo sé —responde Sandra.

—¿Cómo es posible que no lo sepa? —pregunta Oliver.

—Porque yo jamás hablé con Nigel ni una sola vez cuando coincidimos en el instituto. Mi hermana gemela tampoco. Y ahora Booker no quiere decírmelo. No quiere hablar sobre todo aquello, porque la persona para quien lo escribió se marchó hace ya décadas, y él tiene que pasar página, así que voy a respetar sus deseos. Dice que, ahora que él y yo somos amigos, no podemos hablar nunca de *La parca de chicle*. Por lo visto, no habla del libro con sus amigos. Y para mí, de todas formas, los amigos son más importantes que las charlas literarias. ¿No os parece?

—¿Cómo puede aceptar sin más quedarse sin saberlo? —dice Nanette—. ¿Es que no quiere saberlo, en especial ahora que Booker y usted están saliendo juntos? ¿Cómo puede dejar que una parte muy importante de su vida permanezca siendo un misterio?

—Una de las cosas más agradables de hacerse mayor es que dejas de querer saberlo todo. Creo que fue cuando murió mi hermana y después mi marido cuando de verdad lo asumí: no disponemos de mucho tiempo aquí, en este planeta. Y cuando el tiempo ya casi se te ha acabado, te limitas a intentar disfrutar de todo lo que tengas. De cara al mundo, él se presenta como un viejo cascarrabias, pero en realidad, Nigel es un blandengue de cuidado. Un verdadero osito de peluche. No me he divertido tanto desde que era una cría. ¿Quién me habría creído si le cuento que acabaría saliendo con aquel chico que no hablaba con nadie en el instituto? Pensad ahora en la persona más inimaginable de vuestra clase e imaginaos saliendo con ella casi cincuenta años después. Asombroso. Y todo gracias a que vosotros, chicos, soñasteis con una teoría disparatada y me trajisteis fotocopiado *La parca de chicle*.

—Y Booker, ¿volverá a hablar alguna vez con Nanette? —pregunta Nanette.

Sandra sirve más té.

—¿Puedo preguntarte por qué hablas en tercera persona?

—La obliga su terapeuta —le explica Oliver.

—En realidad, Nanette *ha decidido* hablar en tercera persona. Su terapeuta solo se lo recomendó.

—Sí, eso —dice Oliver.

—Entonces, ¿perdonará Booker alguna vez a Nanette? —pregunta Nanette.

—Ah, tú deja que tu tía Sandra se ocupe de eso.

A Nanette le resulta espeluznante la facilidad con que Sandra ha utilizado la palabra *tía,* pero ha de admitir que también la emociona un poquito pensar en volver a hablar con Booker y tener otra familia además de la que ha heredado... casi como una familia de repuesto.

Mientras pedalean camino de casa, Oliver dice:

—No nos hemos enterado de una mierda.

—Pero las galletas de limón estaban ricas —dice Nanette.

—Quién me iba a decir que me gusta el té de naranja con crema de leche —dice Oliver.

—¿Oliver?

—¿Sí?

—¿Te gustaría ser amigo de Nanette?

—¿No lo éramos ya?

—Sí, Nanette solo quiere hacerlo oficial.

—Entonces vale.

—Pues Nanette y Oliver son amigos oficialmente. A partir de... ¡ahora!

—Yo ya te consideraba oficialmente una amiga desde el momento en que trepaste por mi ventana.

Las palabras del chico asombran a Nanette, sobre todo porque las dice en serio. ¿Será eso lo que los niños bonitos trataban de destruir en Oliver, esa capacidad suya para ser amable de manera indiscriminada, con todo aquel a quien conoce?

—No cambies nunca, Oliver, porque algún día serás un novio maravilloso para alguien cuando crezcas. Quien sea que acabe a tu lado será una persona muy afortunada, querida y satisfecha.

—¿Qué? —dice el chico.

—¿Tú crees que Nanette volverá a tener noticias de Alex alguna vez?

—Sí.

—¿Por qué?

—Porque es Alex.

—Lo es.

—Pero tú ya no le quieres, ¿no? Ya no quieres salir con él.

—No lo sé.

—Vale. Yo me alegro de que volvamos a vernos.

—Claro, Nanette también se alegra de eso.

Nanette observa cómo Oliver trepa al interior de su cuarto por la ventana y, a continuación, pedalea a casa justo a tiempo de la partida de Scrabble de esa noche, que pierde aposta —les deja a sus padres las casillas de doble y de triple tanto de palabra— en un esfuerzo por reforzarles el ego. Se imagina que aquellos egos tan saludables son un afrodisíaco, y alberga la esperanza de que sus padres también empiecen a hacer de nuevo con regularidad la bestia de dos espaldas, de que pudieran seguir casados incluso cuando finalice la crisis de Nanette y ella acabe marchándose de casa. Le gustaría que sus padres envejecieran juntos, por mucho que suene a topicazo.

Nanette no puede dormir.

No puede dejar de pensar en Booker.

Por primera vez, mientras da vueltas en la cama, se da cuenta de que está muy enfadada... enfadada con su autor preferido por haberla abandonado cuando ella no había hecho nada malo.

Enfadada con él por haber puesto en marcha su romance con Alex y haberse lavado después las manos con Nanette cuando eso le reventó en las narices.

A la mañana siguiente, se salta las clases y se marcha a casa de Booker.

Él le abre la puerta cuando Nanette llama con los nudillos, y ella se alegra de encontrárselo completamente vestido en esta ocasión.

—¿No deberías estar en clase? —dice él.

—Las clases no son más que un artificio de la sociedad. Nanette dice que le den por culo a las clases.

—¿Por qué dices tacos? Y, tal vez más importante, ¿por qué hablas en tercera persona?

—La terapeuta de Nanette, June, tiene la teoría de que la Nanette en primera persona es demasiado complaciente.

—¿Así que ahora vas a terapia? ¿Ha sido mi libro lo que te ha empujado a ir al psicólogo? Por favor, no me digas que ha sido mi libro. No voy a cargar también con la responsabilidad de lo tuyo.

Nanette piensa en cómo su lectura de *La parca de chicle* en efecto *fue* el catalizador, lo que la puso en el cohete espacial camino de donde sea que se dirija ahora, pero ni se le ocurre contárselo al neurótico de Booker, y así, tirando del manual de estrategia de la «Nanette en primera persona», lo que le dice es:

—No te creas tan importante, viejo.
Booker parece aliviado cuando le dice:
—Pasa.
Nanette lo sigue hasta el salón.
—Bueno —dice Booker.
—Bueno —responde Nanette.
—¿Una partida de Scrabble, te parece? ¿Para romper el hielo?
Ella le explica que ahora Nanette juega con sus padres. Se está metiendo una panzada de Scrabble.
—No tengo muy claro que me guste la Nanette en tercera persona.
—Pues acostúmbrate.
—A primera vista es mucho más impertinente.
—Y abiertamente triste.
—Ah.
—¿Te has enamorado, o algo por el estilo? ¿De Sandra Tackett?
—Por increíble que suene, creo que bien podría ser el caso.
—Sí, ya. Nanette también creía estar enamorada.
Booker se mueve inquieto y dice:
—Me está costando mucho meterme en la cabeza que mi esfuerzo por juntarte con Alex os condujo a vosotros a una catástrofe, y a mí a una relación romántica. Lo feliz que estoy yo y que tú estés tan claramente apenada. ¿Cómo se come eso? Tengo la sensación de que todo esto debe tener su moraleja, pero no me veo capaz de descifrar cuál podría ser.
Nanette se encoge de hombros.
—Siento mucho que no funcionaran las cosas con Alex —dice Booker—. ¿Has sabido algo de él?

Nanette le dice que no y que ya no está segura de querer saberlo.

Booker le dice que él siente lo mismo.

—¿Estamos *dejando* a Alex, entonces? —dice Nanette, solo para fastidiar.

Booker frunce el ceño y dice:

—¿Por qué crees tú que la gente hace esas cosas tan malas después de leer mi novela?

—¿Es que ahora sí podemos hablar de ello?

—Solo esta vez.

Nanette no lo sabe. Le dice:

—Tal vez porque altera el equilibrio. Te hace pensar y te enfada. Te desafía. Te crea el espejismo de tener por una vez permiso para ser por fuera quien de verdad eres constantemente por dentro. Es revolucionario, así que, en manos de los rebeldes, genera acción.

—Y hay gente que jamás debería plantar cara. Hay gente que no debería soltar al mundo lo que lleva dentro. ¿Es eso lo que estás diciendo?

Nanette le dice que ella no tiene ni idea de eso. Que se alegra de que Booker sea feliz, de que haya encontrado a Sandra y se estén acostando.

—¿Perdón? —dice Booker, pero se ríe.

—Te mereces tener suerte, Booker. Nanette se alegra por ti.

—Siento mucho haberte empujado a una terapia.

—Nanette no lo siente. Es bueno para ella.

—No te tomes esto a mal, pero eso de que hables en tercera persona es absolutamente enervante. Es como un castigo para el resto del mundo.

Nanette se encoge de hombros.

«Enervante».

Tal vez sea una ventaja añadida.

Nanette está más cómoda en tercera persona.

Y quizá desee castigar al mundo.

—Bueno, señorita Tercera Persona O'Hare, supongo que me tendré que acostumbrar a ello. Son órdenes del médico.

Y así, por las buenas, Booker y Nanette son de nuevo amigos. Es la primera vez que ella recupera a un amigo después de haberse peleado. Shannon y el resto del equipo de fútbol habían perdido su primer partido de *playoff* en noviembre, y, a decir de las miradas asesinas que Nanette recibió la semana siguiente, ella se había convertido en el chivo expiatorio del fracaso de las demás. No le importaba, la verdad, porque no le podían dar más igual los récords deportivos, pero también le dio la sensación de que se había cerrado una puerta de manera oficial, sobre todo en cuanto a Shannon, que tan desesperadamente quería complacer a su entrenador convirtiéndose en una campeona del fútbol femenino.

22. Segura, descarada y desafiante

June menciona la expresión «por un motivo, una temporada o para toda la vida» en su última sesión de terapia antes Navidad, y Nanette dice:

—Booker cita eso mismo en *La parca de chicle:* «La gente entra en nuestras vidas por un motivo, una temporada o para toda la vida».

—Lo sé, pero la frase no es suya. Es un tópico —dice June—. Y los dichos se convierten en tópicos principalmente porque son ciertos. La gente tiende a repetir lo que le parece real, auténtico.

—¿Encontrará Nanette alguna vez a alguien para toda la vida?

—Puede ser —dice June—. Todos lo esperamos.

—¿Tienes tú a alguien así?

—Una vez creí tenerlo —dice June—. Terminó en divorcio hace unos años.

—Así que el amor no acabó venciendo.

—Bueno, sigue estando ahí, activa, haciendo de las suyas. No me he muerto aún, al fin y al cabo. Ni tú tampoco.

—¿*Activa*? ¿Hablas del amor en femenino, como si fuera una mujer? —pregunta Nanette.

—¿A ti qué te parece?

—Nunca me he parado a pensarlo.

—Yo suelo pensar en el amor como algo femenino. La versión masculina, Cupido, por ejemplo, siempre me ha parecido una bobada. Tirando flechas como si el amor fuese un arma. Aunque Pat Benatar es una mujer y canta «Love Is a Battlefield»,[*] así que tal vez esa teoría sea una estupidez, porque a mí me encanta Pat Benatar.

—¿Quién es Pat Benatar?

—Te las acabas de arreglar para hacerme sentir extremadamente vieja, Nanette. Búscala en iTunes, te va a gustar.

—Vale. Pero Nanette no puede dejar de hablar en tercera persona. A la gente no le gusta cuando lo hace, y ella cree que ese es el motivo de que le resulte tan agradable. ¿Otra tendencia rebelde, quizá?

—Ah, con el tiempo acabarás hablando en primera persona, Nanette. Hazlo cuando tú quieras, con plena libertad. Has hecho grandes progresos, y creo que el experimento ya se puede considerar oficialmente un éxito.

—¿Por qué? ¿Cómo lo puedes saber?

—Me sueltas menos tacos, para empezar. Tus padres dicen que eres amable con ellos. Pareces menos inquieta. Has hecho las paces con Booker. Mantienes una relación muy positiva con Oliver. Y has dejado de llamarme «la violadora», algo que agradezco más de lo que debería, considerando que se supone que he de mantener la neutralidad y la objetividad con mis clientes.

—¿Qué hará Nanette el año que viene? ¿Qué va a hacer después del instituto?

---

[*] «El amor es un campo de batalla». *(N. del T.)*

—Lo que ella quiera hacer.
—¿Y si ella no tiene ni idea de lo que quiere?
—Bueno, pues entonces tiene suerte, porque es joven. Y aquí estoy yo, con más referencias a Pat Benatar. «Love Is a Battlefield». De todas formas, prácticamente nadie sabe lo que quiere cuando es joven. Tú solo estás siendo sincera al respecto, diría yo.

Nanette dice que se pregunta si ya ha dejado atrás a Alex, porque ya no piensa mucho en él.

—Y, aun así, lo mencionas cuando nos ponemos a hablar de tu futuro. A mí me parece significativo.

—¿Cómo es eso?

—Dímelo tú.

Pero Nanette no es capaz. Se percata de que ha establecido algún tipo de vinculación inconsciente entre Alex y el tema de su futuro, pero él no ha dado señales de vida ni una sola vez desde que lo enviaron al reformatorio, y eso resulta todavía más imperdonable que la violencia a la que dio rienda suelta. Ella le escribió una carta, pero jamás llegó a enviarla, porque no tenía la dirección y tampoco sabía quién acabaría leyendo sus palabras si la mandaba al reformatorio con una dirección genérica.

Le dice June:

—No hay nada de malo en querer a personas que no son perfectas, a gente a la que aún le queda trabajo por hacer consigo misma.

Nanette asiente, pero no está segura de estar de acuerdo mientras ve la nieve caer ligera al otro lado de la ventana de la consulta.

—Wrigley, al final del libro, cuando se queda flotando en el agua y dice que entiende a Ted el Improductivo y jura que va a abandonar de una vez por todas: ¿alguna vez te sientes así? —pregunta Nanette.

—Por supuesto —responde June.

—¿Qué te hace seguir adelante?

—Mi trabajo… ayudar a la gente. Siempre he querido ir a Japón, también, y aún no lo he hecho, pero lo haré. Y también el helado.

—¿El helado?

—Me encanta el helado, en serio. Sobre todo el helado de café con virutas de chocolate.

Nanette no sabe qué quiere ella, o qué le encanta, así que guarda silencio.

Y June dice:

—Cuando tenía tu edad, yo no sabía que quería ir a Japón. Tampoco sabía que quería ser terapeuta. Pensaba que iba a ser cirujana, principalmente porque mi padre era cirujano. Te vas poniendo metas y generando esperanzas por el camino. No te preocupes, hay más cosas en tu futuro. Ya lo verás. Y cambiarás. Cambiar puede ser bueno. De gusano a mariposa.

Nanette se pregunta por qué tendrán sus padres que pagar trescientos dólares la hora para que ella escuche unas palabras positivas tan tranquilizadoras, aunque sean tópicos.

¿Por qué no hay nadie en su instituto que hable así?

Se teme que a June le paguen para que mienta… o para que diga lo que nadie más es capaz de decir.

De todas formas, a Nanette le cae bien June.

De verdad que sí.

Más tarde, esa misma noche, June envía a Nanette un e-mail con un enlace a un vídeo de YouTube. Es Pat Benatar cantando en directo «Invincible».* En el vídeo se la ve segura, descarada y desafiante, y eso anima a Nanette a tomar las riendas de su vida. Da mucha fuerza ver cómo Pat Benatar canta y se mueve, y Nanette entiende por qué a June le gusta tanto esta intérprete. Se imagina a June cantando «Invincible» ante el espejo en plena época de su divorcio, tratando de imitar la arrogancia de Pat Benatar.

Nanette ve el vídeo varias veces y se descarga el disco recopilatorio *Greatest Hits* de la cantante.

Se pasa la noche entera escuchando su tremenda voz.

Pat Benatar tiene una personalidad rebelde, y Nanette se pregunta si eso significa que June también la tiene.

Nanette se pone un ratito a cantar para sí delante del espejo, y eso ayuda.

La que más le gusta cantar es «All Fired Up».**

---

* «Invencible». *(N. del T.)*
** «Llena de entusiasmo». *(N. del T.)*

23. Un «kit de *bondage* erótico de color morado»

Cuando Nanette se despierta en la mañana de Navidad, sus padres están en su cuarto, mirándola con una sonrisa.

—¿Qué pasa? —pregunta mientras se restriega los ojos.

—¡Feliz Navidad! —canturrean los dos conforme le plantan delante una cajita envuelta.

Repara en que sus manos se están tocando al acunar aquel regalo del tamaño de una caja de cerillas como si fuera un pajarillo en su nido. El papel del envoltorio es de color blanco, y tiene un lazo celeste atado y decaído en lo alto.

—¡Ábrelo! —le gritan sus padres, y ella no les había visto tan felices en mucho tiempo, así que tira del lazo, quita el envoltorio y abre la cajita. Hay una llave dentro. Sobre la llave, en letras plateadas, se lee la palabra «Jeep».

—¿Qué es esto? —dice Nanette.

Su madre corre a la ventana y sube la persiana.

—Mira —le dice su padre, así que Nanette se levanta de la cama, mira hacia abajo por la ventana y ve un Jeep de tres puertas de color verde. La capota está bajada. Nanette pregunta si de verdad es para ella, y su madre le dice:

—Sabíamos lo mucho que te gustaba dar vueltas por ahí en el Jeep de Alex, así que te hemos comprado el tuyo propio. El año que viene te va a hacer falta un coche, decidas lo que decidas hacer. Esto te dará un poco más de independencia.

Antes de darse cuenta siquiera de lo que está pasando, Nanette y sus padres ya se han enfundado las cazadoras, las bufandas, los mitones, los gorros y las sonrisas. Nanette conecta el iPhone al puerto USB, pone su nueva lista de reproducción de Pat Benatar y se da un paseo con sus padres en el Jeep, que es de segunda mano y un poco más austero que el que tenía Alex, pero que resulta muy divertido de conducir. Nanette ve cómo su padre sonríe en el espejo retrovisor con los extremos de la bufanda al viento. Mira a su madre, que también sonríe de oreja a oreja. Sin pensarlo, en realidad, Nanette lleva a sus padres al mismo paraje donde ella vio la luna llena de octubre con Alex. Pasa las canciones hasta llegar a «Invincible» y la escoge. Ahora el campo está cubierto de unos centímetros de nieve, pero eso no es problema para el Jeep, así que engrana la marcha reductora del 4x4, surca la nieve en polvo y percibe una maravillosa sensación de potencia cada vez que pisa el acelerador. Según parece, sus padres se saben la canción de Pat Benatar, la cantan y se ríen como adolescentes mientras Nanette traza círculos por el campo, derrapa, hace patinar las ruedas y a su paso lanza hierbas y tierra por el aire de vez en cuando.

Llega un coche de policía con las luces y las sirenas encendidas, así que Nanette le baja el volumen a Pat Benatar, conduce hasta la carretera, y los O'Hare se bajan todos del coche. Nanette espera que sea el agente Damon, pero en cambio es el típico poli mayor con bigote y la barriga fofa.

—Regalo de Navidad —le explica el padre de Nanette, da unas palmaditas en el capó del Jeep y se encoge de hombros.

—Han llamado los vecinos —dice el agente y señala hacia las casas cercanas—. ¿No podrían irse a otro sitio?

—Por supuesto, agente —dice la madre de Nanette—. Sin problema.

—Feliz Navidad —dice el poli, y se lleva la mano a la gorra para saludar.

Cuando el agente arranca, el padre de Nanette le dice a su hija:

—Espera solo un segundo.

En cuanto el coche de policía se pierde de vista, su padre le dice:

—Una vuelta más por el campo antes de irnos, ¿te mola?

—¿En serio? —pregunta Nanette.

—Vive un poco —le dice su madre—. Y pon otra vez «All Fired Up».

Así que Nanette pisa el acelerador y dejan las rodadas en la nieve mientras cantan y ríen y se sienten libres, antes de marcharse de allí.

—¿Y bien? —le preguntan sus padres cuando aparca en la entrada de la casa.

—¡Me encanta! —exclama Nanette.

—No te hace falta un chico para divertirte en un Jeep —le dice su padre.

—Tampoco hay nada malo en tener novio —se apresura a añadir su madre.

Dentro, desayunan e intercambian más regalos. Nanette les ha comprado a sus padres unas cosas en la tienda de artículos eróticos de broma: unos dados eróticos, aceites de masaje, unas esposas forradas de peluche rosa. Pensó que sería gracioso, pero también se le ocurrió que quizá ayudase a volver a prender la chispa entre ellos. Cuando sus padres se ponen a abrir un «kit de *bondage* erótico de color morado», Nanette comienza a lamentar su elección de los regalos, sobre todo ahora que la incomodidad se palpa en la habitación.

—¿Cómo sabías que volvemos a dormir juntos? —le pregunta su madre—. ¿Es que se nos oye a través de la pared?

El padre de Nanette ha debido de ver la expresión horrorizada en el rostro de su hija, porque dice:

—Está de broma.

—Las narices voy a estar de broma —dice la madre de Nanette mientras se esposa a la muñeca de su marido con los grilletes de peluche rosa, algo que asquea y divierte a su hija a un tiempo a más no poder, sobre todo cuando su padre aprieta el muslo de su madre.

—Entonces —dice Nanette—, ¿eso significa que volvéis a estar juntos?

El padre de Nanette pasa el brazo por los hombros de su mujer y dice:

—El susto que nos diste, o como tú lo quieras llamar, el hecho de que… necesitases ayuda… eso nos ha unido mucho. Nos ha dado una meta en común. Nos ha hecho recordar que tenemos algo maravilloso aquí mismo. Fue nuestro amor el que te engendró, al fin y al cabo.

Nanette tiene un instante de claridad y se da cuenta de que ella es, en efecto, el producto del amor de sus padres y que ese es el motivo de que estuviera tan preocupada por el fracaso de aquel amor en concreto.

—Además, ya he superado lo de masticar con la boca abierta —añade su madre.

—Y yo he intentado con todas mis fuerzas masticar con la boca cerrada —dice su padre—. ¿Es que no te has dado cuenta?

Llaman a la puerta.

Se miran los tres los unos a los otros.

—¿Estáis alguna esperando a alguien? —dice el padre.

—No —responde su hija—. Pero Nanette irá a abrir.

Cuando abre la puerta, un chico alto, delgado, con la cabeza rapada y vestido con chaqueta y corbata se asoma y dice:

—Me gusta tu Jeep, pero a lo mejor prefieres ponerle la capota. Aquí fuera está nevando un poco.

Nanette tarda un instante en añadirle mentalmente el peso y el pelo para poder reconocerlo, y entonces dice:

—¿Alex?

—Soy mi nuevo yo adelgazado, pelón, reformado y vestido de niño bien. Esos cabrones me hacen correr once kilómetros todos los días, ¡y antes de las seis de la mañana! Es demencial. Y hablando de locuras, solo tengo quince minutos. Mi padre me está vigilando desde la calle —se da la vuelta y saluda con la mano a su padre, que le responde desde el interior de un sedán negro. Alex tiene abrazada contra el pecho una bolsa de papel marrón de supermercado. La aprieta con los dedos con tal fuerza que se le han puesto blancos en el frío aire de diciembre—. Una vez me lo he ganado, me han permitido elegir. O me dejaban hacer una llamada de diez minutos cada diez días, o me acumulaban el tiempo y me dejaban salir veinticuatro horas en Navidad. He escogido salir porque eso significaba que tal vez podría verte aunque solo fuese un poco. Pero mi padre dice que no pueden ser más de quince minutos, solo eso, y que él tiene que hacer de carabina. Todavía piensa que eres una mala influencia para mí. He tenido que decirle que iba a romper contigo hoy de manera oficial. No lo estoy haciendo. *Qué va.* Pero he accedido a sus condiciones con tal de disponer de esta oportunidad, así que el reloj está en marcha.

—¿Nanette? —la llaman sus padres desde la otra habitación—. ¿Quién es?

Está demasiado estupefacta para responder.

—Es raro esto —dice Alex—. Que me plante aquí por las buenas después de tanto silencio. Y hoy más que nunca. Lo sé.

Los padres de Nanette están ahora detrás de ella.

—Hola, señor y señora O'Hare. Soy Alex Redmer. ¡Feliz Navidad!

—¿Te encuentras bien, Nanette? —le pregunta su padre.

Ella asiente.

—Estaremos en la habitación de al lado —le dice su madre, y, acto seguido, sus padres la dejan allí de pie en la puerta.

—Te escribo poemas todos los días —dice Alex e intenta entregarle la bolsa a Nanette—. Estos lo explican todo. Te contarán exactamente por lo que he pasado en estos últimos meses. Aún te quiero, Nanette. Podemos estar juntos en el futuro. Lo único que tenemos que hacer es pasar estos últimos coletazos de nuestra infancia.

Ella no le coge la bolsa. No sabe qué decir.

—Estás enfadada conmigo —dice Alex—. Lo comprendo. Menuda sorpresa ha debido de ser para ti. Hace un rato he visto a Oliver. Me ha contado que os estáis viendo. Dice que ahora sois el mejor amigo el uno del otro. Me ha puesto un poco celoso y le he dicho que no le entre a mi chica mientras estoy encerrado.

—No puedes hacer esto —dice Nanette—. Entrar y salir así de la vida de Nanette. Ponerte en plan justiciero, dejarla tirada a ella y también a Oliver para que recompongan ellos solos su vida hecha pedazos y después esperar que les parezca bien que vuelvas cuando te apetezca.

—Ya me he enterado de eso de la tercera persona. Me parece sexy.

—No es sexy. Es *importante*. Forma parte de su terapia.

—Oliver dice que los niños bonitos han dejado por completo de...

—¿Y qué pasa con Nanette? Y Oliver no tiene amigos. Estaría absolutamente solo de no ser porque Nanette va a verlo todos los días. Y *Nanette* se ha quedado sola del todo desde que tú te metiste en un lío. Tú eras su compañero rebelde, quien la ayudaba en su transición, ¡pero luego desapareciste y ya no estás! ¡No es justo!

—Los poemas lo explican todo —dice él y le ofrece la bolsa una vez más—. Solo léelos. Es casi mi manifiesto. Si no estás de acuerdo con lo que he escrito, vale, no me quedará más remedio que aceptarlo. Eso es lo que hacen los rebeldes. Pero yo creo que lo vas a entender. Booker nos juntó porque él, o la parte de él que fue Wrigley en el pasado, vio lo que sigue quedando de Wrigley en nosotros ahora mismo. Tengo que sobrevivir al reformatorio otros seis meses, pero después de eso podemos hacer juntos cosas increíbles. Si solo pudieras esperarme. ¡Tenemos el resto de nuestras vidas! ¡Podemos hacer lo que queramos! ¡Seremos absolutamente libres!

—Teóricamente hablando, ¿qué harían *con exactitud* Alex y Nanette?

—¡Cambiar el mundo!

—¿Cómo? Alex y Nanette son solo unos adolescentes que viven en la típica zona residencial. No tienen poder ni influencia ninguna.

—Todo aquel que ha hecho algo revolucionario fue una vez un joven de dieciocho años. George Washington, Malcolm X, el Che Guevara, Nelson Mandela, Nigel Wrigley Booker. La posición social no es más que un artificio de la propia sociedad cuya principal función consiste en mantener a la gente normal oprimida y a los rebeldes a raya. Lee los poemas y las cartas. Lo comprenderás.

—¿Y después? ¿Qué debería hacer Nanette después de leerlos?

—Esperarme. Me mantendré en contacto. Confía en mí.

El padre de Alex toca el claxon, y Nanette piensa que no es posible que hayan pasado ya los quince minutos, ni borracha, aunque siempre parece que el tiempo pasa volando cuando Alex está allí.

—Ahora te voy a besar —dice él, y hace exactamente eso antes de que a ella le dé tiempo a protestar.

Cuando sus labios se posan sobre los de ella, una corriente eléctrica vuelve a recorrer el cuerpo entero de Nanette y cortocircuita cualquier pensamiento racional que se le pase por la cabeza, y, antes de saber siquiera lo que hace, le está correspondiendo el beso, se está rebelando contra su buen juicio.

—Te quiero, Nanette O'Hare —dice Alex—. Algún día tú también me querrás… lo suficiente para decírmelo tú a mí. Lee los poemas y las cartas.

Alex le guiña un ojo y enseguida está metido en el coche de su padre, y Nanette mira las luces traseras que se hacen cada vez más pequeñas a lo largo de la calle y se pregunta qué demonios acaba de pasar.

Cuando regresa al salón, su padre le dice:

—¿Debería preocuparnos que compres juguetes eróticos ahora que Alex está de nuevo en tu vida?

De repente, la broma ha dejado de tener gracia.

—Alex no está en la vida de Nanette. Se vuelve al reformatorio esta noche. No volverá a verlo en otros seis meses, si es que lo hace.

—Eso es una eternidad en el calendario de una adolescente, ¿no? —dice papá.

—¿Qué hay en la bolsa? —pregunta mamá.

—Nada —responde Nanette y se retira a su cuarto para poder leer lo que ha escrito Alex. Se dedica a ello sin parar hasta que el día de Navidad ha finalizado oficialmente.

Cuando sus padres llaman a la puerta y le preguntan si se encuentra bien, ella pide que la dejen tranquila, y tras varias repeticiones de llamadas y preguntas, sus padres por fin se lo conceden.

Nanette no duerme.

Lo relee todo varias veces.

No hay cartas que hablen de forma clara, solo poemas que a veces son deslumbrantes o interesantes, pero siempre son crípticos.

Estas son las temáticas centrales y las imágenes que se repiten en los poemas de Alex: celdas, llaves, tortugas, padres, juventud, Jeeps, rebeldía, el Independence Hall de Filadelfia con su Campana de la Libertad y los «niños bonitos» que pueblan su reformatorio, por paradójico que parezca, ya que todos ellos se encuentran allí por haberse rebelado. Cabría pensar que le caería bien cualquiera que estuviese allí «encarcelado» con él, pero los héroes de sus poemas son los profesores y los monitores. Se refiere a ellos como los «luchadores por la libertad», y relata muchas de las lecciones que le han ido enseñando conforme progresa en su «plan de estudios a la carta» que parece girar principalmente en torno a *La autobiografía de Malcolm X*.

Se diría que Alex se está ocultando tras las metáforas, los símiles y el simbolismo, y Nanette piensa que ojalá le hubiera escrito simples cartas explicándole todo en lugar de darle unos poemas que le alteran las emociones en el pecho, que la empujan a pensar profundamente, pero que en última instancia no explican nada en absoluto. Empieza a temerse que Alex sea un cobarde y que la poesía sea una careta que la gente se pone cuando no desea que la reconozcan o no quieren revelar lo que de verdad están pensando. Cuanto más lee, más convencida está Nanette de que Alex podría estar perdiendo la cabeza, y aun así hay una innegable elegancia entretejida en el hilo de sus palabras. Piensa en Hamlet y en cómo conseguía Ofelia darle a su locura un aire de belleza. Nanette tiene miedo de Alex, y aun así lo encuentra más atractivo que ninguna otra cosa en su propia vida.

No hay poemas sobre Nanette y, aunque ella no sea una narcisista tal y como June ha determinado de manera oficial, resulta difícil «esperar» el regreso de un poeta que escribe acerca de todas y cada una de sus emociones salvo sobre su amor declarado. Nanette comienza a tener la sensación de que él la está castigando, que le está inyectando en el cerebro todas sus ideas con la aguja hipodérmica de su poesía pero sin ofrecerle nunca los pensamientos que ella más desearía que él tuviese. Y, aun así, ha venido por Navidad; le ha dado *a ella* sus poemas, algo que parece tener su peso. Le ha dicho que la quiere.

De entre las decenas de poemas de la bolsa de papel marrón del supermercado, Nanette regresa una y otra vez a uno titulado «Alex el Spiderman prescindible». Experimenta una extraña sensación premonitoria al leerlo, aunque no tiene del todo claro que se base en hechos reales. «No existe eso de la ficción», han dicho Alex y Booker con frecuencia, de manera que Nanette se pregunta si debería enseñarle el poema al padre de Alex o enviárselo a la gente que dirige el reformatorio. ¿Será el poema un grito de socorro? ¿O es que Alex le está confiando sus secretos más íntimos, y por tanto ella tiene la responsabilidad de estar a la altura de dicha confianza? En la bolsa hay cerca de un centenar de poemas, y este solo es uno de ellos. Seguro que Alex no esperaba que ella se los leyese todos en una sola noche.

Nanette se tumba despierta en la cama, pensando y después releyendo y después pensando un poco más.

Cuando por fin se queda dormida, sueña que se cae y se despierta sudorosa y aterrorizada.

Los artículos de broma que le ha regalado a sus padres como un guiño, las esposas peludas de color rosa y el kit de *bondage* erótico de color morado... Empieza a entender por qué la gente quiere atar a sus seres queridos y por qué con tanta frecuencia el amor está vinculado con el dolor, como si el gozo y el sufrimiento fuesen dos caras de la misma moneda.

De alguna manera, sabe que algo malo le va a pasar a Alex, y, aun así, le preocupa que aquel pensamiento la convierta a ella en alguien tan desequilibrado como él lo parece en su poesía.

Al fin y al cabo, no es más que un poema escrito por un adolescente.

¿Qué poder iba a tener eso?

24. Siempre hay una ventana de salida

ALEX EL SPIDERMAN PRESCINDIBLE
de Alex Redmer

Las ventanas de mi celda se pueden abrir
porque estoy en un séptimo
y no saben que soy Spiderman.
Me creen un chico normal
incapaz de escalar paredes,
creen que la gravedad puede matarme
y que es lo mismo un yo muerto
que un yo enjaulado: problema resuelto.
Mas son viejos los ladrillos de estas paredes,
viejos como el mortero, que se ha deshecho
aquí y allá, y se ha agrietado
lo suficiente para las yemas de unos dedos
lo bastante fuertes para aferrarse
y para las suelas de unos zapatos de vestir
que sobresalen apenas unos milímetros
del empeine de cuero negro,
que se abren paso como las manos
dentro de unos guantes.

Y así escalo en plena noche,
cuando todos descansan
para correr y hacer flexiones
a primera hora de la mañana,
antes de que el sol se eleve
sobre el horizonte en el Este,
y con los brazos y las piernas bien abiertos,
los músculos trémulos como el rasgar
de las cuerdas de una guitarra,
como el cangrejo corretea por la arena,
así me elevo por la cara de ladrillo.
Es un lento recorrido,
he de descansar de vez en cuando
en los alféizares de los niños bonitos,
con la luz de luna que les ilumina
las dulces y durmientes mejillas.
Me dan pena, pues desconocen
lo que significa ascender.
Metidos en la cama como es debido,
como suelen hacer los niños bonitos.
Y observar su docilidad me da
el tesón necesario para continuar.
Con sorprendente fortaleza en los dedos
y una horribilísima necesidad
asciendo, sin mirar hacia abajo
ni importarme si caigo,
porque todo acabaría de golpe
mientras ascendía libre por mí
y no metido en la cama por ellos.
Pero cuando alcanzo el tejado de pizarra
y me agarro para trepar

sobre las tejas, como dientes,
los talones en el canalón de cobre,
miro las estrellas
y aúllo mi libertad
como el estallido de una bala
al salir del cañón.
Y sé,
que nunca
me retendrán,
porque siempre hay
una ventana de salida
que se abre a algún lugar
donde nadie más va,
y esos cabrones arriesgados,
bueno, siempre la dejan abierta.
Sí, eso hacen.

25. La salud medioambiental es lo último que se le pasa por la cabeza

Nanette comparte con June la poesía de Alex y comentan largo y tendido «Alex el Spiderman prescindible». June comprende la preocupación de Nanette al respecto de la palabra *prescindible* del título y el arriesgado comportamiento que describe el poema, pero le dice que los adolescentes suelen fantasear y que, al margen de que el poema sea o no una metáfora, Alex no está teniendo en consideración los sentimientos de Nanette de ninguna de las maneras.

—¿Te hizo siquiera una sola pregunta sobre ti cuando apareció de improviso, interrumpió el día de Navidad de tu familia y, sobre la base de lo que tú misma me has contado, yo incluso diría que lo «estropeó»? Me has dicho que saliste a conducir el Jeep con tus padres, y ha sonado como si fuera una verdadera gozada, y entonces Alex introduce sus problemas en tu vida, y tú acabas aquí cargada de ansiedad y sintiéndote responsable. ¿Ves como eso convierte aquí a Alex en el malo de la película?

Desde luego que Nanette lo ve, pero también se acuerda de la corriente eléctrica cuando los labios de Alex tocaron los suyos y lo importante que se siente cuando solo ella lee sus poemas, las palabras que él le ha confiado.

—¿Crees que es una relación sana, Nanette? —le pregunta June—. ¿O un amor ciego?

—¿A ti qué te parece? —le pregunta Nanette a Oliver cuando ha terminado de contarle todo lo relacionado con lo que pasó con Alex el día de Navidad y lo que le ha sugerido June. Están sentados en el suelo del cuarto de Oliver, rodeados de fotos de flores. Están a primeros de enero.

—Por mucho que quiera a Alex, está claro que June tiene buenos argumentos —dice Oliver.

—¿Te preocupa que Alex de verdad se vaya a poner a escalar las paredes de su reformatorio?

—Mmm, supongo que sí.

—Podría caerse.

—Sí, claro que podría.

—No parece preocuparte.

—Pregúntame qué tal me va —dice Oliver y, a continuación, sonríe.

—¿Qué tal te va?

—Fenomenal. Pregúntame por qué.

—¿Por qué te va fenomenal?

—Una chica que se llama Violet ha llegado nueva a mi colegio. Sus padres son botánicos, ¡y ella sabe de flores más que yo, incluso! Hemos estado quedando para el almuerzo todos los días. ¡Es la primera vez que no como solo! Violet se tiñe el pelo de color de la violeta africana y se pone cositas amarillas en la cabeza para tener el aspecto de una flor. ¿No te parece increíble?

—¿Estás enamorado, Oliver?

—¡A lo mejor!

No tarda en disponerse lo necesario para que Nanette conozca a Violet, y, cuando lo hace, en el cuarto de Oliver, la joven pareja se pasa todo el rato cogida de la mano del modo más adorable como prueba de que, en efecto, se encuentran bajo el hechizo del amor.

—¿Cuál es tu flor preferida, Nanette? —pregunta Violet.

Nanette jamás había pensado en ello, así que nombra la primera flor que le viene a la cabeza.

—¿Qué color de azucena? —pregunta Violet.

—¿Blanca? —dice Nanette.

—Ese simboliza la pureza.

—¿Te importa repetirme cuántos años tenías?

—Somos de la misma edad —dice Oliver—. ¿No es genial?

—Sí —dice Nanette, y pone una excusa para marcharse. Oliver ya no la necesita. Eso fijo.

Cuando Nanette va a ver a Booker, se encuentra con que Sandra prácticamente se ha mudado a vivir con el ahora mucho menos recluido exnovelista, y también ellos se pasan todo el rato cogidos de la mano y mirándose a los ojos. Es una pesadilla, porque Booker no se toma en serio nada de lo que dice Nanette. Cuando ella le habla sobre el poema de Spiderman, Booker dice:

—¡El chaval se está poniendo dramático! Eso es todo.

Sandra tampoco parece preocupada.

Los padres de Nanette comienzan a programar salidas nocturnas para ellos y así poder disfrutar de «ratos de calidad», lo cual deja a Nanette bastante sola con sus pensamientos, así que se da largos paseos en su Jeep con la capota bajada y la calefacción a tope.

No tiene adonde ir, nadie a quien ir a ver, de manera que conduce más o menos sin rumbo durante horas y horas.

June sugiere que Nanette tiene que volver a relacionarse con personas nuevas, buscar otro pasatiempo porque «dar vueltas en coche no solo es aburrido, sino que tampoco es bueno para el medio ambiente. Sobre todo si uno conduce un Jeep que se traga así la gasolina». June lo dice a modo de broma, pero Nanette no se ríe. Teniendo en cuenta todo lo que está sucediendo —o lo que no—, la salud medioambiental es lo último que se le pasa por la cabeza.

Nanette cae en la cuenta de que, sin saber cómo, su tiempo con Booker y con Oliver ha llegado a su fin.

Oliver está bien.

Booker está bien.

Nanette sigue sin estar bien.

26. Se ha convertido en algo así como un concepto

Un año después de besar al señor Graves, su profesor de Lengua, en su aula el día de San Valentín, Nanette está jugando una muy poco romántica partida de Scrabble con sus padres cuando suena el timbre de la puerta. Aunque ya tiene decidido que se ha terminado su relación con Alex, el corazón le da un vuelco al pensar que en realidad podría ser él quien estuviera en los escalones de su porche. Se queda estupefacta al verse corriendo hacia la puerta, pero, cuando la abre, Alex no está allí.

—Hola... ¿Nanette? —dice un hombre.

Nanette asiente.

—Soy el padre de Alex.

Viste un traje gris con una corbata de color rojo brillante bien anudada bajo el mentón. Es alto pero de aspecto frágil, con una cara larga que a Nanette le recuerda en cierto modo a una cigüeña.

«¿Habrá enviado Alex más poemas o una carta?», piensa Nanette, y el corazón le late con fuerza. Pero cuando se fija en que el señor Redmer tiene los ojos rojos, comienza a sentirse como si alguien la estuviese estrangulando.

—No sé que te habrá contado Alex sobre mí —dice el señor Redmer—. A mi hijo, bueno, a veces le costaba mantenerse fiel a la verdad.

A Nanette no le gusta que el señor Redmer hable en pasado, y de repente es como si se hubiera quedado de piedra, incapaz de hablar o de moverse.

—Desde que era pequeño, Alex tuvo esa imaginación tan desenfrenada... era como si se le pasaran por la cabeza las ideas más radicales. Esto, más que ayudarle, me temo que le metió en más líos. Me estoy desviando del tema, discúlpame.

Ríos de lágrimas surcan las arrugas del rostro del señor Redmer.

—¿Qué ha pasado? —dice Nanette.

—Alex... bueno, ha muerto.

—¿Muerto?

—Se resbaló y se cayó de la pared del edificio de su dormitorio. Por lo visto estaba tratando de escalar hasta el tejado. No lo consiguió. Murió en el acto. Sin dolor. Eso fue hace dos semanas. Llevaba encima esta carta cuando lo encontraron. He tenido mis dudas, dadas las circunstancias, entre hacerlo o no hacerlo, pero al final he decidido entregártela.

—¿Porque es San Valentín? —dice Nanette pensando que el momento no podría ser más cruel.

—No me he dado cuenta de que es San Valentín. ¿He hecho mal viniendo hoy?

No sabe cómo responder a eso. Se siente como si debiera repasar los hechos de nuevo, porque se diría que no encajan.

—Entonces Alex de verdad está muerto. ¿Y viene usted aquí y me lo cuenta dos semanas después de que haya muerto?

—Lo siento. Nos ha dejado. No sé qué más decir, la verdad. Nunca se me ha dado bien este tipo de cosas.

—¿Se celebró algún funeral? —susurra Nanette.

—Nada de funerales. No soy religioso. Fue incinerado. Llevé sus cenizas al mar. Le gustaba el océano.

—¿Por qué no se puso usted en contacto con sus amigos?

—En realidad, Alex no tenía amigos. Aparte de ti. Y tú eres el motivo de que yo esté aquí ahora.

—¿Lo sabe Oliver?

—¿Quién es Oliver?

—¿Me dice en serio que no lo sabe?

—¿Era ese chico al que mi hijo decía proteger, ese cuyos problemas hicieron que Alex se metiera en tantos líos? —pregunta el señor Redmer, pero no en tono acusatorio. Solo trata de identificar mentalmente a Oliver, aunque el hecho de que no lo sepa lo dice todo, sin ninguna duda.

—Sí, claro —dice Nanette.

—No se lo he dicho a nadie salvo a ti. Como te decía, Alex no tenía muchos amigos. Era un tanto solitario, como su viejo. ¿Podrías decírselo tú a Oliver? Esto no ha sido precisamente fácil para mí.

Nanette accede a contárselo a Oliver y le dice al señor Redmer que lamenta su pérdida.

—No le permití a Alex que se cartease contigo, porque no quería que él te hiciese daño, pero… bueno…

El señor Redmer asiente y le ofrece la carta. La mano le tiembla muchísimo. Nanette la coge, pasa corriendo por delante de sus padres (que han estado poniendo la antena en el pasillo) y cierra el pestillo de la puerta de su cuarto a su espalda. Abre el sobre y se pregunta por qué no está llorando.

Todo aquello suena tan teórico —tan surrealista, quizá—, suena como si no fuera cierto.

Mi queridísima Nanette:
A menudo me pregunto qué estarás haciendo o pensando. Qué raro es tener novia y no verla ni hablar con ella nunca… ni cartearse siquiera. Es prácticamente como salir con un personaje ficticio que fuese producto de mi imaginación, como si nos hubieran incluido en las páginas de un libro que leí hace mucho tiempo pero, de algún modo, como si me hubieran quitado aquel libro, de manera que ya solo me queda su recuerdo, y el tiempo se dedica a jugar con él y lo altera todo de formas extrañas aunque sutiles. Pero basta de eso.
Seguro que te estás preguntando por qué es esta la primera vez que te escribo una carta. Bueno, es que no me permiten escribir ni recibir cartas en el agujero de mala muerte de esta cárcel a menos que mi padre dé su visto bueno con su firma, algo que se ha negado a hacer (¡creo que trata de protegerme de ti! ¡Ja ja ja ja!), así que no he podido escribirte una por Navidad. Aquellos poemas que te di en la bolsa, al leerlos en su conjunto eran como una carta codificada, y espero que entendieses el significado. Mi padre no entiende la poesía, así que transigió un poco y me permitió darte la bolsa porque le dije que tú me ayudarías a conseguir que se publicasen (¡JA JA JA JA!) ¡Tengo grandes planes para nuestro futuro!
Me he hecho amigo de un profesor de aquí —el señor Harlow—, y me ha dicho que él te enviaría esta carta en mi nombre si me lucía en mi examen de Introducción a la Filosofía, y lo hice, gracias a un trabajo que escribí sobre ti.
Ahora te escribo a la luz de la luna. Esta noche brilla llena y blanca como la leche fresca —me llama como una

madre— y me estoy pensando terminar de escribir la carta en el tejado. ¿Leíste mi poema de SPIDERMAN? (A veces hago eso de verdad. No te preocupes. Soy un hacha de la escalada). Cómo tiran esta noche los rayos de luz de luna, y en serio creo que debería subir. Esta carta será mucho mejor si la escribo desde lo alto. ¡El aire de la noche perfumará mis palabras y rellenará mis frases con la magia de la luz de luna!

Eso es todo. Nanette lee la carta inconclusa una y otra vez, y cada vez que llega al final se ve obligada a crearse una película mentalmente: está condenada a ver a Alex tratando de apresurarse al subir por la pared como si fuera una araña del tamaño de una persona, hasta que las yemas de los dedos le ceden o la punta de sus zapatos de vestir no consiguen dar con una grieta, y cae de espaldas abierto de brazos y piernas camino del suelo, y entonces —*paf*— todo cuanto hay en la mente de Alex se borra al instante como el disco duro de un ordenador que han puesto demasiado cerca de un imán.

Pantalla.

En.

Blanco.

Nanette intenta no imaginarse el desastre que ha debido de dejar el cuerpo de Alex, así que, en su película, se desintegra en un millón de fragmentos minúsculos como un jarrón de cristal, y ella hace como si lo barriese con un recogedor y una escoba antes de lanzar al cielo todos los fragmentos, donde volverán a convertirse una vez más en estrellas. Es una imagen poética e infantil lo que se le pasa por la cabeza, pero ayuda.

June dice que es un mecanismo para sobrellevarlo e insiste en que Nanette no es responsable de la muerte de Alex de ninguna forma o manera. Nanette insiste en que tuvo una premonición, que después de leer el poema de Spiderman supo que Alex iba a morir de ese modo.

—Eso no es una premonición. Eso es identificar un comportamiento peligroso, igual que decir que es probable que alguien que conduce borracho todas las noches acabe sufriendo un accidente fatal. O que un cocodrilo podría acabar matando a alguien que se gana la vida forcejeando con ellos. Lo más peligroso no era la escalada, sino toda la forma de ver la vida que tenía Alex. De no haber sido el darle puñetazos a los padres de unos chavales de secundaria o el ponerse a escalar una pared de ladrillo sin las precauciones de seguridad necesarias, habría sido cualquier otra cosa.

Nanette dice que debería haberle contado a alguien lo de la escalada.

—Me lo contaste a mí —dice June.

—Pero tú no hiciste nada para salvar a Alex.

—Es que yo no era responsable de Alex. Ni tú tampoco. Él iba a hacer lo que iba a hacer con independencia de lo que nadie dijera o hiciese. Lo tenían metido en un reformatorio. Le habían dado una segunda oportunidad. Tenía a gente pendiente de él. Así lo quiso Alex. Es una desgracia, pero es cierto.

Nanette se pregunta si puede ser tan fácil. Todo el mundo le dice que ellos no tienen la culpa, que lamentan la pérdida y, acto seguido, pasan página y continúan viviendo.

Lo más extraño es que Nanette, en realidad, no echa de menos a Alex, porque el chico se ha convertido en algo así como un concepto. En los últimos meses no ha formado parte de su vida. Y para empezar, ella solo estuvo con él un par de meses. Es probable que haya pasado más horas con Wrigley, el personaje de ficción, que con el difunto Alex Redmer.

Por todo el país mueren adolescentes en edad de ir al instituto —qué demonios, por todo el mundo—, a diario, y el planeta sigue girando.

«¿Qué importancia tiene? ¿Qué importancia tenemos ninguno de nosotros? —piensa Nanette—. ¿Qué sentido tiene?».

Siente muchas ganas de abandonar, de sentarse a solas en un tronco o en una piedra al estilo de Ted el Improductivo, o de flotar para siempre en un lago igual que Wrigley.

Nanette lee *La parca de chicle* una y otra vez —como si fuera un texto religioso capaz de proporcionar respuestas y un sentido— pero no encuentra nada nuevo.

Oliver y Booker expresan aturdimiento y tristeza cuando se enteran del destino de Alex. Según dice su madre, Oliver se pasa días enteros llorando. Booker se niega a enseñarle a Nanette las cartas que Alex le escribió a él porque, «simplemente, no van dirigidas a ti, Nanette». Ella le dice que deben de estar plagadas de pistas acerca de los motivos que llevaron a la tragedia, pero Booker insiste en que «no hay buenas respuestas para tragedias como esta, y te volverás loca si tratas de encontrar ahí lo que no hay». Nanette ruega a Sandra su apoyo, pero ella está de acuerdo con Booker. «Qué triste es todo esto»: de todo lo que dice Sandra, eso es lo único con lo que Nanette puede estar de acuerdo. Y, de repente, Oliver, Booker y Sandra parecen ser solo un recuerdo en la vida de Nanette —personajes de un libro que no quiere volver a leer— así que deja de devolverles las llamadas, de contestar sus mensajes y sus e-mails. ¿Qué le pueden decir ellos que vaya a cambiar lo sucedido o lo que Nanette siente al respecto?

Absolutamente nada.

Un día, cuando Nanette está dando una vuelta en coche, Booker la llama al móvil. Nanette ve un lago, lleva el coche hasta la orilla y lanza su iPhone al agua cuando aún no ha dejado de sonar.

27. ¿Cómo convierte uno la tragedia en algo positivo?

Algo así como un mes después de recibir la noticia de la muerte de Alex, Nanette se encuentra en la comisaría de policía pidiendo hablar con el agente Damon. La mujer de detrás del cristal, Cheryl, pregunta qué es lo que pasa, y Nanette le responde:

—¿Se acuerda del chico al que tuvieron aquí encerrado hace varios meses, Alex Redmer?

La mujer frunce el ceño.

—Aquí encerramos a gente a diario, ¿y esperas que me acuerde de alguien de…?

—Está muerto.

La actitud de Cheryl cambia al instante. Se inclina hacia el cristal, abre los labios y se le suaviza la expresión un tanto.

—Lamento mucho oír eso, corazón.

A Nanette no le gusta que la llamen «corazón».

—A Nanette le gustaría hablar con el agente Damon.

—¿Quién es Nanette?

Se señala a sí misma.

Cheryl pone cara rara y dice:

—El agente Damon está de patrulla ahora mismo.
—¿Puede llamarle?
—Bueno, supongo que podría, pero...
—Nanette tiene que hablar con él sobre el lazo negro que lleva en el pulgar. Dígale que se trata de eso. Es importantísimo.

La mujer se queda mirando a Nanette unos segundos antes de desaparecer en el interior de la habitación contigua.

Cuando regresa, Cheryl le dice:
—Viene de camino. Puedes esperarle en el aparcamiento, si quieres.

Nanette espera en el aparcamiento porque se da cuenta de que Cheryl no quiere que lo espere dentro de la comisaría.

Cuando el agente Damon llega en su coche patrulla, se baja, se quita las gafas de sol de espejo y le dice:
—Lamento muchísimo lo de Alex. ¿Qué ha pasado?

Nanette le cuenta lo que sabe.

El agente Damon mantiene la mirada en los ojos de Nanette mientras ella habla, y cuando termina el relato, hace un gesto negativo con la cabeza.

—Una lástima —dice—. Una verdadera lástima. Cuánto lo siento.

—¿Y qué hace Nanette ahora?

Él la mira un instante y pregunta:

—¿A qué te refieres?

—Alex se marchó, y después no hubo demasiada comunicación, y ahora está muerto, y Nanette no sabe qué hacer con ello.

—No estoy seguro de poder ayudarte con...

—¿Qué hizo *usted*?

—¿Te refieres a...? —baja la vista al lazo negro—. Ya. Pues lloré mucho. Le di puñetazos a las paredes de mi casa. Mi mujer y yo fuimos al psicólogo. Me até un lazo negro en el pulgar de la mano izquierda. Decidí convertirme en agente de policía, tal y como te conté en su día. Pero nada de todo aquello fue tan simple. Uno no siempre es capaz de expresar las cosas con palabras.

—¿Y hacer todo eso la convirtió en aceptable?

—¿Convertir *qué* en aceptable?

—La muerte de su hijo.

—Yo no diría eso.

—¿Qué diría, entonces?

—Que ayudó. Decidí convertir los aspectos negativos en positivos. Tantos como pude, la verdad. Los aspectos negativos generan más negativos, y yo ya había tenido la suficiente negatividad. Me estaba ahogando en ella.

—¿Así que es eso lo que Nanette debería hacer ahora que Alex está muerto? ¿Convertir los aspectos negativos en positivos?

—Quizá tú también deberías ir a ver a un psicólogo, ¿no?

—Sí, Nanette ya está haciendo terapia.

—Espero que esto no suene desconsiderado, pero no estoy muy seguro de qué quieres de mí —dice él—. ¿Qué puedo hacer yo por ti, en serio?

—¿Cree que Nanette debería atarse algo en el pulgar?

Él traga saliva y le dice:

—Si tienes algo que desearías recordar, tal vez sí deberías. Es una manera muy buena de empezar las conversaciones. Atrae la atención.

—Una forma de rebeldía.

—Sí, supongo que sí que lo es.
—No está dispuesto a dejar que el mundo lo olvide.
El agente Damon asiente y le dice:
—El dolor disminuye con el tiempo. Al principio no te lo crees, pero...
—No es que Nanette tenga tanto dolor por la muerte de Alex. Tan solo está confusa y perdida.
El agente Damon se frota el lazo negro.
—Verás, a nosotros nos ayudó fomentar la comprensión. Fuimos a la cárcel y hablamos con el hombre que mató a nuestro hijo. Nos dimos cuenta de lo enfermo que estaba, y sigue estando. Le hicimos preguntas, nos enfrentamos a nuestros fantasmas. Accedimos a ir voluntarios a ciertos lugares. Ahora le cuento nuestra historia a los padres de los niños de primaria y ofrecemos programas que se aseguran de que los niños reciben información sobre qué hacer si un desconocido intenta llevárselos. Hemos tratado de coger la tragedia y darle la vuelta a la tortilla.
—¿Darle la vuelta a la tortilla?
—Sí, a falta de una manera mejor de decirlo. Darle la vuelta a la tortilla. No es fácil, pero se puede lograr.
—¿Y no quiso abandonar sin más? ¿Rendirse?
—Bebí mucho durante una temporada, pero, con el paso del tiempo, conseguimos plantar batalla. Y la batalla fue de las que hacen época. Así es la vida, digo yo.
—¿Y por qué no le cuentan eso a los niños en el colegio, que la vida es dura?
—Todo el mundo espera que sea más fácil para los niños. Quizá la meta de los americanos sea tener una vida fácil, y por eso nos resulta vergonzoso decir la verdad. En mi pro-

fesión se conoce a mucha gente, y puedo decir casi con la más absoluta certeza que la vida es bastante dura para la inmensa mayoría de ellos.

Nanette se queda mirando al policía durante un buen rato y dice por fin:

—Gracias por ser amable con Alex.

—Solo estaba haciendo mi trabajo.

—Y una mierda. Esa Cheryl, doña Gélida, ahí detrás del cristal sí que se limita a hacer su trabajo. Usted fue más allá de eso. Y significa algo.

Él se mira los zapatos.

—¿Puedo hacer algo más por ti? —pregunta.

—Nanette podría necesitar consejo legal.

—Pues no soy abogado.

—Alex le dio a Nanette un montón de poemas en Navidad. Uno de ellos hablaba de que le gustaba salir por la ventana y escalar hasta el tejado, y daba a entender que tal vez tampoco quisiera seguir entre nosotros. Se autodenominaba «prescindible». En su momento no informé sobre el poema, y resulta que es así como murió. Escalando al tejado. Se cayó. Así que, ¿es culpa de Nanette? ¿A lo mejor podría haber informado sobre aquella conducta tan peligrosa? ¿Al reformatorio? ¿A su padre?

—Tú no eres responsable de la muerte de Alex, eso seguro. No eres más que una cría.

Nanette suspira.

—¿Entonces Nanette no es legalmente responsable?

—No. En absoluto. ¿Has hablado con tu terapeuta sobre todo esto?

Nanette asiente.

—¿Y él qué dice?

—*Ella* dice lo mismo que acaba de decir usted. Solo quería una segunda opinión. De alguien a quien no estén pagando mis padres.
—Lo entiendo.
—Gracias.
—De nada.

Nanette carece de la energía emocional necesaria para decir nada más o siquiera para volver a mirar a aquel policía tan amable.

Si alguien hubiera secuestrado y matado al hijo de Nanette, ella no está muy segura de ser capaz de mostrarse tan simpática y agradable como el agente Damon, y eso le hace sentirse fatal consigo misma por mucho que se dé cuenta de que debería limitarse a agradecerle su amabilidad. Aquello hace que se sienta todavía peor.

¿Cómo convierte uno la tragedia en algo positivo?
No sabe qué hacer a continuación.
¿Qué debería hacer?
Nanette se da la vuelta y se marcha.

28. Ponerse del lado de las Antígonas del mundo, nunca del lado de los Creontes

Nanette busca en Google el reformatorio de Alex y encuentra una dirección de e-mail del profesor a quien él mencionaba en la carta, el señor Harlow. Le envía un correo y se citan para una conversación telefónica.

>NANETTE: Gracias por hablar con Nanette.
>SR. HARLOW: Siento mucho tu pérdida. Alex era... Me caía bien Alex. *Mucho.* Mostraba un enorme entusiasmo a la hora de aprender.
>NANETTE: El padre de Alex le dio una carta a Nanette. La encontraron en el cuerpo de Alex. En ella decía que había llegado a un acuerdo con usted, y que usted le enviaría a ella una carta si él sacaba una buena nota en un examen de Filosofía. Decía que escribió un trabajo sobre Nanette.
>SR. HARLOW: Sí, escribió un ensayo sobre ti, Nanette, pero el resto es una invención. Yo nunca accedí a enviarte una carta. Alex..., bueno, digamos que le costaba mantenerse fiel a la realidad.
>NANETTE: ¿Así que Alex mintió a Nanette?

SR. HARLOW: No tengo muy claro que sea tan simple. Tampoco tengo claro que Alex pensara jamás que tú llegarías a recibir esa carta. No creo que tuviese planeado morirse.

NANETTE: Le dio a Nanette una bolsa de poemas en Navidad. Había uno sobre escalar por la pared.

SR. HARLOW: El de Spiderman.

NANETTE: ¿Lo ha leído?

SR. HARLOW: He leído todos los poemas de Alex. Yo era su orientador, así que tenía que remitirme todo lo que escribía. Aquí tenemos un plan de estudios a la carta. A Alex le apasionaba la poesía.

NANETTE: ¿Por qué no hizo nada al respecto de sus escaladas?

SR. HARLOW: La verdad es que sí lo hice. Di la orden de que le bloquearan las ventanas de su habitación.

NANETTE: ¿Lo hizo? ¿En serio?

SR. HARLOW: Sí, y a Alex no le gustó en absoluto.

NANETTE: ¿Y cómo salió, entonces?

SR. HARLOW: Atrancó la puerta de su cuarto y reventó la ventana con una silla. Los monitores que estaban de guardia lo oyeron y entraron a la fuerza en su habitación. Le estaban gritando cuando se cayó. Es probable que se cayese *porque* le bloqueamos la ventana. Paradójico. Si Alex hubiera seguido escalando sin que nadie lo supiese, quizá aún estaría entre nosotros. No lo sé.

NANETTE: ¿Así que se siente usted culpable?

SR. HARLOW: Me entristece, pero no. Cuando me mostró ese poema, Alex sabía que no me estaba dejando otra salida. Él sabía que tendría que dar la orden de bloquearle las ventanas. Me limité a cumplir con mi deber.

NANETTE: Nanette tenía la sensación de que la muerte de Alex podría ser culpa suya porque había leído el poema y no había hecho nada.

SR. HARLOW: No fue culpa tuya. Sin la menor duda. ¿Has leído en clase alguna de las obras de teatro de Sófocles? ¿Alguna de sus tragedias?

NANETTE: No.

SR. HARLOW: Alex y yo acabábamos de leer *Antígona*. Escribió un trabajo comparándote a ti con la protagonista. Alex admiraba realmente que dejases el equipo de fútbol. Antígona, como verás cuando leas la obra, era una mujer que no estaba dispuesta a ceder ante los hombres. Hacía lo que ella consideraba correcto. Y yo la admiro mucho. La obra, sin embargo, trata en gran medida sobre el orgullo y lo que sucede cuando uno es muy terco, cuando se niega a ceder. Acaba en una tragedia, como suele ser el caso en este tipo de teatro. Alex no entendía que hay que ceder de vez en cuando.

NANETTE: ¿Me está diciendo que la vida de Alex fue una tragedia?

SR. HARLOW: Acabó de forma trágica. Alex era muy terco, y por eso acabó aquí.

NANETTE: ¿Cree que la muerte de Alex podría ser culpa de Nanette de alguna forma?

SR. HARLOW: Por supuesto que no. Alex tomó sus propias decisiones. «Un hombre, por sabio que sea, jamás debería avergonzarse de aprender más, y debe dar su brazo a torcer». Es una cita de *Antígona*.

Alex y yo la comentamos largo y tendido. No comprendía lo que significa dar tu brazo a torcer.

NANETTE: Usted trataba de enseñarle, pero él no le escuchaba.

SR. HARLOW: Él escuchaba a su manera, creo yo, pero no se concedió el tiempo suficiente para entenderlo todo.

NANETTE: ¿A qué se refiere?

SR. HARLOW: Era impulsivo. No pensaba las cosas con detenimiento. Se lanzaba de inmediato a hacer lo que le parecía. Con el paso de los años, he trabajado con miles de chicos. La tozudez es una característica muy extendida por aquí.

NANETTE: Gracias por hablar conmigo.

SR. HARLOW: Eras una buena amiga para Alex.

NANETTE: ¿Le importaría enviarle a Nanette el trabajo que Alex escribió sobre *Antígona* y sobre mí?

SR. HARLOW: No puedo hacer eso, lo siento. Él no me dio permiso, y ahora ya no me lo puede dar.

NANETTE: ¿Escribió algo horrible en ese ensayo que usted no quiere que Nanette vea?

SR. HARLOW: No.

NANETTE: ¿De verdad?

SR. HARLOW: Alex ya me contó esto de la tercera persona. Muy interesante. Pocos adolescentes serían capaces de llevarlo a cabo durante tanto tiempo, de comprometerse sinceramente con ello. Me parece admirable, y tal vez utilice la técnica con alguno de mis alumnos. Un punto de vista distinto es una herramienta muy útil. Quizá les sea de ayuda.

NANETTE: Vale.

SR. HARLOW: Lo siento, Nanette. Espero que seas capaz de superarlo con el tiempo.
NANETTE: Nanette tiene que darle la vuelta a la tortilla.
SR. HARLOW: ¿Darle la vuelta a la tortilla?
NANETTE: Gracias otra vez. Adiós.
SR. HARLOW: ¿Qué es lo que...?

Nanette cuelga el teléfono y de inmediato se descarga y lee *Antígona*.

Admira a Antígona, que enterró a su hermano aun cuando la ley no permitía hacerlo.

La obra la ayuda a comprender por qué la mayoría de la gente se aviene, por qué hacen lo que se les dice. A veces se paga un precio demasiado alto por la individualidad, sobre todo si eres mujer.

Alex pagó un precio muy alto por la individualidad.

Pero también se paga un precio muy alto cuando le ordenas a la gente que haga cosas que no puede hacer, sobre todo a gente con un fuerte sentido del yo, gente con una personalidad rebelde.

En opinión de Nanette, era paradójico que Alex estuviese leyendo aquella obra en el reformatorio, un lugar donde se suponía que debía hacer todo lo que le decían. Eso hace que se pregunte por el señor Harlow. Sin duda, Alex iba a ponerse del lado de las Antígonas del mundo, nunca del lado de los Creontes.

29. Esos afeitados sobacos de adolescente que tienen

—Eh —oye Nanette.

Está en su cuarto escuchando la lista de Alex que ella misma hizo, principalmente Lightspeed Champion y Los Campesinos! No se trata tanto de que eche de menos a Alex, es que no quiere olvidarse de él. Y está leyendo *Edipo rey,* también de Sófocles, mientras piensa en el destino, cuando levanta la vista y ve a Shannon de pie en la puerta de la habitación.

—Tus padres me han invitado a venir. Me han dicho que no te encontrabas muy bien últimamente, ¿no?

Nanette estudia a Shannon. Va cargada de maquillaje a primera hora de la tarde de un sábado. ¿Se habrá maquillado para Nanette, o es que siempre se pone tanto?

—Cuánto tiempo. Te he echado de menos —dice Shannon—. ¿Qué música es esa?

—Esta canción se llama «The Big Guns of Highsmith». Es de Lightspeed Champion.

—No me suenan. ¿Qué estás leyendo? —pregunta Shannon.

—Sófocles. *Edipo.*

—¿De qué va?

—Tragedia griega.

—¿Y por qué lees eso?

—¿Por qué no?

—Mmm, hoy es sábado. A ver, ¿fin de semana? Hace un día increíble ahí fuera. ¿Es que no te ha entrado a ti la fiebre primaveral?

—No.

—Pero ¿a ti qué coño te ha pasado, Nanette? Te pones en plan psicópata conmigo en la pretemporada de fútbol y después vas y dejas a todas tus amigas, y ahora tiene pinta de que no sales absolutamente con nadie. No te puedes pasar la vida entera sola, ¿sabes? Eso no es sano.

Nanette asiente.

Es probable que Shannon tenga razón.

Nanette no se siente sana en absoluto.

—Tus padres me han contado lo de tu novio.

—No era el novio de Nanette. Alex y Nanette no se ponían etiquetas.

—Y el rollo ese de la tercera persona... déjame que te diga que no te estás haciendo ningún favor con eso en el instituto.

—Forma parte de la terapia de Nanette.

—Siento mucho la muerte de Alex.

—Tú ni siquiera lo conocías.

Shannon asiente y dedica a Nanette una mirada verdaderamente sincera, una de aquellas miradas de la época de ambas en primaria, como si se las hubiese apañado para guardarla en lo más hondo de su ser.

—Cierto, pero *a ti* sí te conozco. Lamento mucho haberte gritado, Nanette. Estaba mosqueada, y tenía todo el derecho del mundo a estarlo, pero no tenía la menor idea de que estuvieras pasando por toda esta *movida*. Tus padres me acaban de contar que... pues que ni siquiera vas a ir a la universidad el año que viene. ¿En serio?

Nanette se queda mirando a Shannon.

Nanette no sabe qué decir.

Dice Shannon:

—Todavía nos queda el resto de nuestro último año de instituto. Podrías volver a formar parte de todo eso. Aún hay tiempo. Escucha, tus padres y yo hemos hablado con la secretaría y, con todo lo que ha pasado, están dispuestos a dejarte ir al viaje de fin curso el mes que viene aunque no te hayas apuntado dentro de plazo. Podemos compartir habitación. Me gustaría que vinieras. *En serio.*

—¿Aunque Nanette y tú no seáis campeonas de la liga de fútbol? —dice Nanette.

—Podríamos haberlo sido, de verdad —dice Shannon—. Es una pena que no lo consiguiéramos.

Nanette sonríe ante la pinta tan ridícula que eso tiene ahora, pero justo en ese lugar y en ese instante decide hacer un experimento. Todos los protagonistas de las obras de Sófocles que ha leído hasta la fecha parecen causar la tragedia porque no dan su brazo a torcer, sino que insisten en actuar y tomar el control, así que Nanette decide transigir, unirse al resto por un tiempo, reprimir su personalidad rebelde y tragarse su orgullo.

—Vale —le dice a Shannon—. Nanette irá al viaje.

—¿Irás... *en serio?* —dice Shannon en un tono que sugiere que no ha venido convencida de ser capaz de llevarse a Nanette de vuelta al redil—. Muy bien. ¿Y quieres venir también a una fiesta esta noche?

—Sí —dice Nanette enseguida, antes de cambiar de opinión.

—¿No me estarás tomando el pelo como a una imbécil?

Nanette niega con la cabeza.

—Vale, guay. ¿Ahora bebes?

—No.

—¿Quieres conducir tú, entonces? ¿Llevarme en ese Jeep tuyo?

—Claro.

—¿Me recoges a las ocho? La fiesta es en casa de Nick Radcliff.

—Vale.

—¿De verdad te apetece esto?

Nanette asiente.

—¿Nos podemos dar un abrazo y ya?

—Claro.

Nanette se levanta.

Shannon se acerca a ella.

Se abrazan.

Nanette solo siente los huesos de los hombros de Shannon, que se le clavan en las palmas de las manos, pero se las apaña para sonreír cuando ella la mira a los ojos.

—Conseguiremos devolverte a la normalidad —dice—. Te veo a las ocho.

Cinco minutos después, la madre de Nanette se pasa por su cuarto.

—He oído que vas a salir con Shannon esta noche.

—*Sip*.

—¿Y has aceptado ir al viaje de fin de curso? ¿De verdad?

—Claro.

—Qué bien. Cuánto me alegro. Tienes que acabar saliendo de este cuarto, Nanette. No es sano quedarte aquí... cociéndote.

—¿Te importaría prestarle a Nanette el maquillaje para esta noche?

Mamá pone unos ojos como platos antes de decir:

—Por supuesto que no me importa, pero tal vez quieras dejar esa historia de la tercera persona antes de reengancharte al resto de tus compañeros, ¿no?

—Tal vez sí. O tal vez no.

—¿Qué piensas hacer?

—Nanette se va a integrar tanto como sea capaz de soportar.

Nanette se ducha, se peina, se maquilla y hace todo lo posible por vestir como Shannon, se pone su falda más corta, un top de tirantes del que le asoman las tetas y las tiras negras del sujetador, y esas sandalias plateadas tan chulas de su madre. Hasta se pone perfume en las muñecas y detrás de las orejas.

—Estás espectacular —le dice su madre.

—¿Todo bien? —pregunta el padre de Nanette—. ¿Seguro que estás lista para esto?

—*Sip* —dice Nanette y se marcha, atraviesa la ciudad al volante de su Jeep.

Hay otras dos chicas en casa de Shannon: Maggie Tolliver y Riley Gillan.

Las tres están en la cocina bebiéndose unos margaritas en unos vasos enormes y fingiendo estar más borrachas de lo que están, mientras charlan sobre los chicos a por quienes van esa noche para liarse con ellos, y apuestan sobre tamaños de pollas.

Nanette recuerda que Shannon, Maggie y Riley se encontraban en el meollo de su escándalo sexual de secundaria, y piensa que no han cambiado mucho desde entonces.

—¡Eh, pero mira quién es! —dice Riley cuando se percata de la presencia de Nanette.

Las tres chicas se ponen en pie y le dan un sensiblero abrazo de grupo con un fuerte olor a tequila y a maquillaje.

Para alguien que no haya estado jamás en compañía de estas jóvenes, podría resultar un pelín extraño que estén abrazando de manera literal a la misma chica que lleva meses siendo la diana de sus miradas de odio, pero Nanette sabe lo veleidosa que es esta pandilla. Se mueven como una bandada de gansas que vuela en V por el cielo, todas juntas, de modo que si una de ellas cambia de dirección, el resto ha de seguirla.

—Cómo te hemos echado de menos —dice Maggie.

—¡Y estás cañón! —dice Shannon—. ¿A por quién vas a ir esta noche?

—A por quien se ponga a tiro —dice Nanette para ver qué tal le queda su falsa personalidad, escondida detrás del rímel, el colorete y la barra de labios.

—¡Ohhhhh! —dicen las chicas con una sonrisa de aprobación—. ¡Nos gusta esta nueva Nanette!

—¿Un margarita? —dice Riley.

—A ella le toca conducir —se apresura a decir Shannon y libera a Nanette de la presión del grupo.

Después de otras dos rondas más de margaritas, todas están metidas en el Jeep descapotable de Nanette.

—¿No hace un poquito de frío para llevar la capota bajada? —dice Riley.

Pero entonces, la borracha ficticia de Shannon contesta:

—No me seas tan quejica, Riley. Vamos a despertar al puto barrio entero.

Shannon conecta su iPhone, toma el control de la radio y sube el volumen.

Cuando suena la primera canción, Maggie, Riley y Shannon bailan y cantan a voces, mueven las manos por encima de la cabeza y van enseñando esos afeitados sobacos de adolescente que tienen.

La música suena como si fuese un tío británico rapeando sobre una guitarra acústica.

—¿Y tú por qué no cantas? ¿Es que no te la sabes? —pregunta Shannon con un codazo a Nanette.

—No —chilla Nanette por encima de la música.

—¿Cómo? Pero si la están poniendo en la radio constantemente.

Nanette se pregunta por qué Shannon tiene que valerse de su iPhone para poner esa canción si la están poniendo todo el rato en la radio. La canción tampoco está mal, pero suena clavada al tipo de música que escucharían Shannon y su pandilla, porque es convencional... común. No tiene nada de raro, en absoluto, así que la nueva Nanette «no-rarita» asiente y finge que a ella también le gusta.

En la fiesta hay barriles de cerveza y botellas de alcohol, y chicos y más música de la que se puede oír en la radio.

Nanette empieza a bailar al ritmo del furioso rap que ponen. Durante una canción, que suena tres veces seguidas, varios tíos se lanzan, emocionados, a rapear la letra, que va de follarse los unos a las zorras de los otros, mientras se pegan a Nanette, y ella cruza las muñecas sobre la cabeza, enseña los sobacos, gira las caderas y sonríe exactamente igual que hacen Shannon, Maggie y Riley cada vez que un nuevo chico les restriega el paquete contra el culo. Como esta noche está fingiendo ser otra persona, Nanette muestra además una sonrisa sexy y asiente cada vez que estos chicos le ponen las manos en el vientre, y no deja de bailar pese a que no le gusten lo más mínimo los raps misóginos y pese a que estos chicos le resulten tan similares que dan pena… igual que estar rodeada de clones.

Conforme avanza la fiesta, las tres chicas con las que vino se van emparejando con chicos, y Nanette, no sabe muy bien cómo, acaba a solas con Ned Frazier en la cocina. Ned es alto y guapo según el canon tradicional: mandíbula afilada, buena forma física, pies grandes —lo que según Riley supuestamente equivale a polla grande—, goza de popularidad y viste exactamente igual que cualquiera de los guais del instituto.

También va bastante borracho de cerveza, se balancea un poco.

—A mí siempre me ha parecido que estabas buena, Nanette, pero no has venido a ninguna de las fiestas de este año. Siempre me he preguntado por qué una chica tan sexy como tú se quedaba en casa leyendo libros y toda esa mierda, ¿sabes? A ver… *a tomar por culo* los libros —dice con ese mismo gesto de presentador irónico de la tele, moviendo el dedo y señalando, que había hecho durante el rap que habían puesto tres veces seguidas.

«¿Por qué hará eso?», se pregunta Nanette.

Ned tiene la cara roja como un tomate.

El aliento le apesta a alcohol, que también parece rezumar su piel como si de sudor se tratase. Ahora está apoyado en la encimera de modo que sus ojos quedan a la altura de Nanette, y tiene toda la pinta de que se va a caer en cualquier momento.

—Así que me siento muy afortunado de estar... mmm, aquí contigo, en esta cocina. Como si me hubiese tocado la lotería o algo así. Para mí es una noche acojonante, porque siempre he querido...

Se aproxima a Nanette y alarga la mano para tocarle la teta al tiempo que inclina la cabeza y empieza a besarla con lengua.

Nanette piensa en un panadero que amasa el pan mientras Ned Frazier le trajina la teta izquierda con una mano enorme. Su beso es demasiado húmedo, y más de una vez se choca con ella, diente contra diente. Aun así ella finge, metida en el experimento, y le sonríe cada vez que él le pregunta «¿Todo bien?» o «¿Te mola esto?».

Cuando Ned se aparta, dice:

—Esto ha sido una pasada de cojones.

Nanette asiente y sonríe un poco más.

—¿Por qué no hablas? —dice él.

—Nanette sí habla.

—Qué mona eres. Me encanta cuando te nombras a ti misma. Menudo subidón.

Los besos y el magreo continúan durante otra media hora de dejarse los labios escocidos antes de que Nanette se vea por fin de vuelta en el Jeep con el trío de chicas ahora increíblemente borrachas y —contra su voluntad— escuchando una vez más el rap de la estrella de pop británica sobre el sonido de una guitarra.

Tienen que parar cuando Maggie empieza a echar la pota.

Por suerte la capota sigue bajada y Maggie se las ha arreglado para dirigir el vómito hacia fuera del Jeep, aunque algo se queda en la pintura verde de la puerta del acompañante.

Las chicas se turnan para sujetarle el pelo a Maggie mientras ella lanza sobre el césped delantero de alguien un chorro de tropezones amarillos que les parece interminable.

Y en medio de toda aquella movida, el tío británico sigue cantando y rapeando alegremente.

Por fin consiguen meter a Maggie con su vomitona en casa de Riley, donde va a pasar la noche.

Shannon y Nanette se quedan a solas, conduciendo a la luz de la luna con la capota bajada y la calefacción a tope.

—Esta noche te has salido, Nanette —dice Shannon—. Exactamente igual que en los viejos tiempos.

Nanette sonríe y asiente.

—Me han dicho que tienes coladito a Ned Frazier. ¿Besa bien?

—Es el mejor —miente Nanette.

—¿Cómo de grande la tiene? ¿Habéis llegado tan lejos?

—Pues claro, joder. Le mide un poco más de un metro. No le llega al uno veinte por los pelos, creo yo. La tiene así como el brazo de Nanette. Se la podrías estirar y saltar a la comba con ella.

Shannon suelta un gritito agudo y le da un puñetazo en el hombro a Nanette.

—¿No ves que mola mucho más?

—¿Que mola mucho más *qué*?

—Ser normal —dice Shannon—. Salir con nosotras... con gente de tu edad, ¡hacer las cosas típicas de la edad como irse de fiesta! Enrollarse con tíos. ¡Bailar! ¡Ojalá bebieses y hablases en primera persona!

—Gracias por salvar a Nanette de ser única —dice Nanette.

Shannon alarga el brazo y coge a Nanette de la mano.

—Pues claro. Cuando quieras. ¡Vamos, Rainbow Dragons, vamos!

Cuando se detienen en la entrada de la casa de Shannon, echa los brazos al cuello de Nanette.

—Cuánto me alegro de tenerte de vuelta —dice y, acto seguido, le planta un enorme beso en los labios antes de bajarse del coche dando tumbos y desaparecer en el interior de su casa.

Cuando Nanette llega a su propia casa, sus padres la están esperando despiertos.

—¿Qué tal ha ido? —le preguntan.

—Genial —miente Nanette.

—¿En serio? ¿Has conocido a alguien?

—Nanette ha besado a Ned Frazier.

—Ah, ¿sí? —dice su madre.

—No pareces muy feliz al respecto —le dice su padre.

—Nanette está feliz —dice ella—. Feliz que te mueres.

Papá y mamá se miran el uno al otro.

—Me alegro de que hayas salido con Shannon —dice su madre.

—Sí —añade su padre—. No te puedes quedar toda la vida en tu cuarto.

—Buenas noches —dice Nanette y enseguida trata de quitarse a Ned Frazier de encima con media botella de colutorio y una larga ducha caliente.

30. Ser tan buena en algo con lo que no disfruta

La vida cotidiana. Es más fácil inmersa en el experimento. Muy similar a eso de vagar como un fantasma. Nanette intenta tragarse su yo entero y esconderlo en lo más profundo de su ser, donde nadie pueda verlo. Inofensivo como un tumor benigno. Y se hace muy convincente, sonriendo todo el rato, riéndose, siendo quien los demás quieren que sea, sentada de nuevo con las chicas en la cafetería en lugar de estar sola en el banco del exterior.

Después de una charla de grupo con June y los padres de Nanette, se toma la decisión de que irá a terapia dos veces al mes en lugar de una vez a la semana. Progresos. A quién no le gustan. Nanette sonríe como una buena chica y asiente con entusiasmo. Cree captar una vibración de incredulidad procedente de June, pero tal vez solo sean imaginaciones suyas. De cualquier manera, la terapia se convierte en quincenal, y eso le ahorra a sus padres seiscientos dólares al mes.

Ned Frazier ronda la taquilla de Nanette en el instituto, le deja flores en el Jeep, le da besos con lengua, le magrea el pecho, le mete las manos por dentro de los pantalones, pone música misógina y no deja de rapearle a ella aquellas letras tan estúpidas, y, dado que todos los amigos de Ned se dedican a hacerle las mismas cosas a las amigas de Nanette, en general todo el mundo está encantado con que la relación de Nanette se conduzca de la misma manera.

Comienza a entrenar con Shannon, que jugará el año que viene en el equipo de la universidad con una beca, así que corren infinidad de kilómetros y practican los pases, los regates y los tiros a puerta, y al menos le suena conocido volver a sudar, perderse en los ejercicios y formar parte de algo que está orientado a un fin.

—Te podrías meter en cualquier equipo del país el año que viene, Nanette —no deja de decirle Shannon—. Podrías venir conmigo, también.

Nanette se pregunta si no habrá sido ese el plan desde el principio, si sus padres y Shannon habían hecho un pacto secreto.

Pero como Nanette está experimentando con su nueva personalidad, le dice a Shannon que se lo está pensando.

—¡Vamos a llevar la máquina Shannon-Nanette al siguiente nivel! —dice Shannon—. ¡Podríamos ser compañeras de cuarto en la universidad! ¡Y a lo mejor, algún día, jugar en la selección nacional! ¡Jugar el mundial! ¡USA! ¡USA! ¡USA!

Es una idea horripilante, pero Nanette se encuentra de nuevo metida en el equipo de fútbol del torneo de primavera, rematando todos los pases de Shannon, cabeceando y disparando la pelota a la red con una facilidad pasmosa... como si nunca lo hubiera dejado, siquiera.

¿Cómo puede Nanette ser tan buena en algo con lo que no disfruta?

Parece una crueldad.

Sin embargo, Shannon y resto del equipo la abrazan cada vez que marca, y a su padre se le va la cabeza en la banda, lo celebra loco de contento.

Entra dinero en su cartera de valores después de prácticamente todos los partidos.

31. Enamorado de una versión falsa

El viaje de fin de curso para los alumnos de último año del instituto lleva a Nanette a Disney World, en Orlando, Florida. Hay un viaje en avión, autobuses y mucha actividad en grupo: su clase infesta salas de espera, jardines y restaurantes. Nanette sonríe y posa para las fotos, tontea con los chicos y finge que se lo está pasando como nunca en toda su vida. Ned y ella se mueven principalmente con su selecta manada de amigos, pero se separan en el parque temático Magic Kingdom, y ahí es donde Ned le dice:

—A ver con cuántos personajes somos capaces de fotografiarnos en una hora. Lo podríamos convertir en un juego. ¿Qué te parece?

—Vale —responde Nanette, porque está siendo una persona con buena disposición.

Ned la arrastra de la mano de aquí para allá en busca de lo que él llama «los clásicos» —Mickey, Goofy y Donald— y en alguna ocasión incluso llegan a ir corriendo detrás de aquella gente disfrazada. Allá donde se topan con uno, no esperan la cola detrás de todos los niños, sino que le tienden una emboscada al personaje y se cuelan en cualquier foto que esté en marcha. Se sacan unos *selfies* con el móvil de Ned y echan a correr.

Hacer eso es de gilipollas, por así decirlo, pero, por el bien del experimento, Nanette se deja arrastrar hasta que los guardas de seguridad del parque los paran y les sueltan una charla sobre «cargarse la magia para los niños más pequeños».

Ned y Nanette asienten de manera respetuosa y prometen no colarse en más fotos de nadie antes de que los dejen marchar.

Se sientan en un banco cerca de la Mansión Encantada, y ella cae en la cuenta de que ambos tienen la camiseta empapada en sudor cuando pilla a Ned bajando la vista hacia su sujetador de color rosa, ahora visible a través de la camiseta blanca de tirantes.

—Eso ha molado —dice él.

—Sí.

—Creo que estoy enamorado de ti, Nanette. ¿Te parece una locura que diga algo así?

Nanette baja la vista a su regazo. De repente se ha vuelto más difícil fingir. Ned se ha enamorado de una versión falsa de Nanette. Sería gracioso si no fuese tan deprimente.

—¿Quieres entrar en la Mansión Encantada? Seguramente tiene aire acondicionado —dice ella.

—Vale —responde él, pero parece un tanto confundido.

No es que haya una cola como tal, así que están dentro en cuestión de diez minutos, más o menos. Atraviesan la sala espeluznante que se expande mientras una voz malvada te habla sobre la muerte y los espíritus y enseguida están subidos en la vagoneta, sentados hombro con hombro mientras los fantasmas bailan a su alrededor.

Nanette desearía que el trayecto durase eternamente, así nunca tendría que continuar con la conversación que había aplazado ahí fuera.

Después de ver en el espejo al fantasma del autoestopista sentado entre ellos al final del recorrido, salieron dando un paseo de regreso al calor.

—Lo decía en serio —afirma Ned—. De verdad que me importas mucho. Creo que te quiero, y ya sé que has tenido un año duro y que estás asimilando algunas cosas, pero a mí no me importa, y estoy dispuesto a cambiar mis planes de la universidad si eso significa que le podemos dar a esto una oportunidad a largo plazo. Lo digo en serio.

Y Ned va en serio.

Nanette se da cuenta cuando le mira a los ojos.

Traga saliva y le dice:

—Vamos a pasárnoslo bien aquí y ahora, ¿vale?

—Claro, estoy totalmente a favor de pasárnoslo bien —dice él, pero con un tono herido.

Nanette no quiere hacerle daño, aunque Alex hubiera dicho de él que es un niño bonito.

No quiere hacerle daño a nadie.

Pero ¿qué hacer sin reventar su tapadera?

—Ned y Nanette tienen que llegar al punto de encuentro —dice ella—. Ya casi es la hora.

Recorren el camino de vuelta hacia la entrada, y cuando ve a Shannon y compañía, Nanette echa a correr hacia la seguridad de la manada.

Esa noche, en la habitación del hotel, Nanette le habla a Shannon sobre la declaración de Ned.

—¡Qué rico! —dice Shannon.

—Pero lo decía en serio.

—Es un tío. No tiene la menor idea de lo que siente ni de lo que habla. Relájate. Son solo palabras.

Shannon jamás ha conocido a un tío como Alex, piensa Nanette, y le dice:

—Entonces ¿crees que Nanette debería romper con Ned?

—¿Y por qué ibas a hacer eso *ahora?*

—Ella no le quiere del mismo modo.

—¿Y?

—No quiere darle falsas esperanzas.

—Dios mío, Nanette, que estamos en el instituto. ¡Deja de ponerte tan seria! ¿Tú crees que yo me quiero *casar* con Nick Radcliff, pasar el resto de mi vida con él? ¡Que no, coño! Pero no voy a tener el menor reparo en andar jugando con él más o menos durante los próximos dos meses. Una chica tiene deseos sexuales que atender, al fin y al cabo. El último verano del instituto. ¡La cosa se va a poner caliente!

—¿Así que Nick Radcliff no es para ti más que un *follamigo?*

—Pues claro. Y los dos lo sabemos. Ahora nos estamos divirtiendo, pero cuando nos vayamos a la universidad, volvemos a ser libres. Ned es un romántico y seguramente por eso se ha enamorado de ti.

—¿Qué significa eso?

—Que tú tienes convicciones de esas, Nanette. A algunos chicos les gusta ese rollo.

—Ned no es tan profundo, Shannon.

Ella se queda mirando a Nanette un segundo y dice:

—¿Lo eres tú?

Nanette abre la boca para responder, pero no le sale palabra alguna.

32. Sonríe como un lobo feliz

Ned se vuelve más insistente al respecto de su «amor» por Nanette, y —debido al experimento— ella intenta darle lo que él desea y permite que la lleve cada vez más lejos en el sexo.

Nanette cierra los ojos y finge que Ned es Alex cuando empieza a hacerle lo que Alex nunca le hizo, y ella lo justifica en su mente diciéndose que debería haberlo hecho con Alex antes de que hubiese muerto, lo cual carece de sentido alguno cuando lo piensa demasiado, así que intenta no pensarlo.

Y Nanette ya no es virgen.

Le duele más de lo que pensaba que le iba a doler, y se ha terminado antes de enterarse siquiera. Es lo más anticlímax que ha hecho jamás, y no tiene para ella absolutamente nada que ver con el amor ni con el placer.

Ned dice que es la noche más grande de toda su vida.

Lo hacen en el cuarto de él, que tiene un ligero olor a sudor.

Sus padres están en el cine.

Su hermano de nueve años, Seth, está en el sótano jugando con los videojuegos.

Ned se pone un condón, y empuja para entrar y salir de ella durante algo así como un minuto —sin dejar de jadear todo el rato— antes de contraer todos los músculos y ponerse rígido como una tabla, enseguida se deja caer y le da las gracias a Nanette en repetidas ocasiones mientras ella se afana por respirar. Como nunca ha estado en aquella posición, no sabe cuándo se considera aceptable pedirle que salga de ella.

Cuando Ned se retira por fin, descubren que ella ha sangrado un montón, de modo que se apresuran a quitar las sábanas de la cama y a lavarlas antes de que sus padres lo vean. Nanette tiene que enseñar a Ned a poner la lavadora y la secadora, porque su madre siempre le ha hecho la colada, y él no tiene ni idea de lo que hay que hacer. Ned sonríe como un lobo feliz mientras la ve tratar previamente las manchas de sangre, echar el detergente y preparar la lavadora para las sábanas.

Juegan a los videojuegos con el hermano de Ned hasta que las sábanas están secas, momento en el cual ella hace la cama a solas y se echa a llorar en el cuarto de su supuesto novio.

No deja de decirse mentalmente «Lo siento. Lo siento. Lo siento», pero no es capaz de descifrar a quién le está ofreciendo la disculpa.

—¿Estás bien? —le pregunta Ned cuando por fin se acerca a verla. Ella está ahí sentada en la cama ya hecha—. ¿Estás llorando?

—No —le dice Nanette mientras se seca los ojos.

—Vale —dice Ned como si le diese miedo—. ¿Te quieres bajar con nosotros?

Nanette asiente con la cabeza y recobra la compostura para que el hermano de Ned no se preocupe ni se altere.

El pequeño Seth casi no aparta los ojos de la tele, así que ni se entera de lo rojos que están los de Nanette, y Ned no le vuelve a preguntar sobre sus lágrimas.

33. La entrenadora parece muy complacida

Nanette no sabe muy bien cómo, pero se encuentra en State College hablando con la entrenadora del equipo femenino de fútbol, mintiendo sobre todo tipo de cuestiones, cosas como que tiene verdaderos deseos de jugar al fútbol en la liga universitaria, sobre lo mucho que ha aprendido y ha crecido gracias a la experiencia de haberse perdido su último año en el equipo del instituto, que el fútbol es ahora su mayor prioridad y sobre lo mucho que le gustaría continuar jugando con Shannon.

Hasta llegan a ver un vídeo de las mejores jugadas de gol de la pareja futbolística Shannon-Nanette, que ha preparado y enviado el entrenador Miller. Allí sentada ante el resplandor de la pantalla de la tele en el oscuro despacho de la entrenadora, Nanette tiene la sensación de estar viendo a un personaje ficticio que marca un gol detrás de otro. Su padre apenas puede contener los aplausos y celebraciones mientras un balón detrás de otro se alojan en distintas redes.

Esta nueva entrenadora parece muy complacida, sobre todo porque los padres de Nanette han accedido a pagar la matrícula completa, y eso significa que, para fichar a Nanette, la entrenadora no tendrá que utilizar siquiera una de las becas de deporte de que dispone.

—Aquí somos una familia —dice la mujer desde detrás del enorme escritorio de su despacho—. Un grupo grande y unido. Todo lo hacemos juntas. Nunca estarás sola en este campus. Comerás, dormirás, estudiarás y entrenarás con el resto del equipo. Una vez te integres, formarás parte de algo mayor que tú misma: un equipo capaz de lograr mucho más que cada una de nosotras por su cuenta. Esa es nuestra filosofía aquí. Unidas venceremos, divididas fracasaremos. Aquí no hay un *yo*. Solo hay un *nosotras*. ¿Qué tal te suena eso?

—Perfecto —dice Nanette y se las arregla incluso para mirarla a los ojos antes de que sus padres y su nueva entrenadora intercambien sonrisas.

34. Y te odiarás por ello

La noche antes del baile de fin de curso, Nanette no puede dormir y, hacia la una de la madrugada, se encuentra releyendo *La parca de chicle*. Lleva meses sin leerlo, y vuelve a ser presa del hechizo de Wrigley, algo que le hace sentir culpable al respecto de su reciente experimento.

Hacia las tres y media de la mañana, Nanette se topa con unas líneas que ni ella ni el señor Graves han subrayado antes, lo cual parece raro, porque estas hacen que se ponga de inmediato a buscar un marcador en su mesa.

> Y entonces, un día te buscarás en el espejo y ya no serás capaz de reconocerte, tan solo verás al resto de la gente. Sabrás que hiciste lo que ellos querían que hicieses. Te habrás integrado. Y te odiarás por ello, porque ya será demasiado tarde.

Nanette enciende la luz de la habitación y se busca en el espejo que hay encima del tocador.

Ve a Nanette, pero también ve todos los botes y tubos de maquillaje que se ha estado poniendo, y el vestido de color azul eléctrico para el baile que su madre y Shannon le han «ayudado» a elegir, colgado a su espalda, sobre la cama con su dosel de hierro.

—Lo siento —vuelve a decir—. Cuánto lo siento.

35. Como si estuviera sentada encima del mando de la tele

El día del baile de fin de curso, Nanette sale temprano del instituto con el resto de chicas cuyos padres lo pidieron por escrito para poder hacerse las uñas y peinarse durante la tarde. Riley, Shannon y Maggie insisten en que Nanette suba la capota del Jeep porque no quieren despeinarse, aunque ni siquiera han pasado aún por la peluquería. Hace lo que el grupo quiere por más que el Jeep sea suyo y prefiera sentir el viento en el pelo.

Una mujer bajita le raspa las pieles muertas de las plantas de los pies. Le liman las uñas de pies y manos y se las pintan de color celeste. La peinan y le echan laca de manera meticulosa. La maquillan unos profesionales. La transforman en otra persona.

—¿Todo bien? —le pregunta Shannon mientras se le secan las uñas.

—Claro —dice Nanette—. ¿Por qué?

—Estás muy callada.

—¿No lo está siempre Nanette?

—Vale, sí, pero es que hoy es como si pudiera *sentir* tu silencio. Es un poco raro.

Nanette sonríe ante el uso que Shannon hace de la palabra «raro».

Eso es lo peor que se puede ser según Shannon y compañía, pero es lo que más anhela ser Nanette, al menos en el sentido en que lo dice Shannon.

Nanette ha buscado en el diccionario la palabra, que puede significar «extraordinario» o «poco común».

También se puede utilizar como sustantivo para referirse al «hado o el destino».[*]

Pero eso Shannon no lo sabe.

Los padres de Nanette le sacan fotos con su vestido azul eléctrico, y qué contentos parecen de verla tan emperifollada, lista para el baile, haciendo lo que se supone que hacen todas las norteamericanas de dieciocho años.

Finge ser feliz.

Sigue haciendo su experimento.

Sonríe con todas sus fuerzas.

Los chicos han alquilado una limusina, y, cuando llegan, ya han recogido a todas las demás chicas, así que Nanette redondea el grupo de ocho. Después de unas cuantas fotos más delante de su casa —mientras los chicos hacen el payaso con unos bastones y unos sombreros de copa que han alquilado, se comportan como unos críos de la manera más inocente y hacen que los padres se rían y confíen en ellos—, Nanette va sentada encima de Ned en la limusina. Él le acaricia la pierna con una mano; la otra se la pone en el vientre. Debajo del culo de Nanette y de la tela de su vestido se ocul-

---

[*] El original se refiere al significado arcaico de la palabra *weird*, un sentido en desuso salvo en ciertas zonas concretas como Escocia. *(N. del T.)*

ta la erección de Ned. Es como si estuviera sentada encima del mando de la tele.

Se pasan una petaca de vodka.

Una música atronadora que Nanette ni conoce ni disfruta convierte en imposible cualquier conversación.

Podría ser la misma mierda de canción que no dejan de poner y poner en las fiestas, porque los tíos están —*una vez más*— rapeando sobre follarse a las zorras de otros y apuntando con el dedo a la nariz de los demás como si fuera una pistola.

Y, mientras recorre el interior de la limusina con la mirada, Nanette se siente como un animal salvaje encerrado en una jaula por primera vez.

A su izquierda, en la ventana, ve el reflejo de una chica que va muy pintada. Nanette tarda un segundo en darse cuenta de que esa chica es Nanette. Se mira a los ojos, al interior de las pupilas, y ve el vacío que se ha abierto en su interior y que lo devora todo como un agujero negro de felicidad... y entonces salta la chispa que devuelve a la vida algo en lo más profundo de Nanette.

Salta del regazo de Ned, aporrea con los puños contra el cristal que los separa del conductor.

—¡Pare la limusina! ¡Pare la limusina! ¡Que pare ahora mismo la puta limusina, *joder!* —grita una y otra vez hasta que el chófer por fin frena.

—¿Qué pasa? —le preguntan todos.

Ya no está representando su papel.

Esto tendrá su castigo.

Sus rostros están cargados de odio.

Sus rostros dicen que Nanette no debería estar chillando de esa manera.

Sus rostros le dicen que se calle, que beba vodka, que se siente encima del empalmado de Ned y que sonría como las demás chicas de la limusina.

Ella no responde, sino que forcejea tratando de salir.

Los chicos tiran hacia atrás de ella y le dicen que todo va bien.

Tiene demasiadas manos encima.

—¡No va bien! —chilla Nanette—. ¡Dejad salir a Nanette!

—¿Adónde quieres ir? —le pregunta Ned. La expresión de sus ojos sugiere que se encuentra en algún punto entre la confusión y el enfado.

—Soltadla. Dejadme hablar con ella —dice Shannon.

El chico de Shannon abre por fin la puerta, y yo salto de la limusina, me quito los tacones de un puntapié y echo a correr descalza calle abajo.

—¿Adónde vas? —grita Shannon—. ¿Qué *coño* pasa, Nanette?

Cuando la limusina comienza a seguirme, atajo por detrás de las casas, salto las vallas, me rajo el vestido del baile por varios sitios y me estropeo la pedicura hasta que estoy segura de haber dejado atrás a mis compañeros de clase.

Echo a correr a toda velocidad, descalza, por las calles como una maratoniana, salvo por las restricciones del vestido.

Voy hacia casa de Booker.

Cuando llego, estoy empapada en sudor y jadeando con fuerza.

Me sangran los pies.

Miro hacia atrás y veo sangre en la acera.

Llamo al timbre varias veces.

Booker abre la puerta.

—Pero bueno, mira quién es —dice—, mi hija pródiga. ¿Llevas un vestido de baile de fin de curso?

—¿Por qué escribiste *La parca de chicle*? *¿POR QUÉ?*

—Mmm... ¿Por qué me gritas? Sandra está dentro con Oliver y su nueva novia, Violet. Estamos disfrutando de un maravilloso té después de la cena. ¿Te gustaría unirte a nosotros?

Siento una punzada de celos: Booker ha pasado de Alex y de mí a Oliver y Violet. Pero también estoy más o menos contenta de que Oliver tenga a alguien en su vida además de su madre.

—¡No te puedes dedicar a liarnos la cabeza!

—¿La cabeza de quién?

—¡De tus lectores!

—Espera un segundo. ¿Es esta noche tu baile de fin de curso? ¿Por eso vas vestida como...?

—¡Sí!

—Y le has dado plantón a tu pareja. *Como Wrigley*.

Veo cómo el rostro de Booker se va poniendo lívido.

—Sí. Bueno, *algo por el estilo*.

—¡Yo nunca te he dicho que hagas eso! —brama Booker—. ¡Ni tampoco le dije a Alex que escalase por la pared de un edificio! ¡Yo solo escribí una historia! ¡No podéis hacerme responsable de todo cuanto hacéis después de leer mi novela!

—¡Vale, leer tu novela me cambió la vida, y ahora estoy hecha un lío, perdida y descalza con un vestido de baile de fin de curso, con independencia de quién sea el culpable!

—¡No es culpa mía!

—¿Y qué hago yo ahora... con mi vida?

—¿Y cómo voy yo a saberlo?

—¿Qué hizo Wrigley? ¿Qué hizo después de flotar en el arroyo al final del libro? ¿Qué pasa después? De verdad tengo que saberlo. Me lo debes.

—¿Qué es lo que quieres que te diga?

—¡La verdad!

Booker suspira, se mira los zapatos y dice en voz baja:

—Él se hizo mayor, Nanette. Tuvo varios trabajos que aborrecía. Como escritor, fracasó. Fue desafortunado en la vida y en el amor. Se hizo viejo. Al final encontró a Sandra. Trató de ayudar a varios chavales por el camino. Eso es todo. Lo cierto es que no se merece una secuela, ya sabes a qué me refiero.

—Pero ¿está bien Wrigley después del final del libro? ¿Está bien *ahora?*

—Depende de a quién le preguntes.

—¿Por qué no eres capaz de darme una respuesta directa?

—Porque no existe tal cosa. Eso es lo que uno aprende cuando se hace mayor. Nadie conoce las respuestas. *Nadie.*

Lanzo una dura y larga mirada a Booker.

No es más que un viejo lleno de arrugas.

Y está diciendo la verdad; es cierto que ahora mismo no tiene respuestas para mí.

Todo cuanto tenía Booker fue a parar a *La parca de chicle,* y no sobró nada.

Puede que yo continúe hambrienta, pero eso no lo convierte a él en un bufé literario inagotable.

—Adiós —le digo y le doy la espalda.

—Después vamos a jugar al Scrabble. Deberías entrar. Creo que te están sangrando los pies. Deberías dejar que te curemos esos cortes. ¿Nanette? No te vayas así. Por favor. ¿Nanette?

Sigo caminando —cómo duele ahora cada paso— y, al llegar a casa renqueante, le hablo a mis desconcertados padres sobre el experimento que estaba llevando a cabo y les cuento que estaba intentando ser normal, pero que es demasiado duro a la larga.

Mi madre me limpia los cortes de los pies, me saca del vestido del baile y me mete en la bañera.

Me harto de llorar en un mar de burbujas blancas mientras mamá me pasa una esponja por los hombros y deja que el agua caliente me caiga por la espalda, y enseguida me quedo a solas para poder llorar en privado.

Lloro por Alex.

Lloro por mí.

Lloro por el fin de mi infancia.

Lloro porque ya no creo en los ídolos como Booker.

Pero sobre todo lloro porque estoy hasta las putas narices.

Cuando termino, mis padres y yo mantenemos una larga charla durante la cual les cuento que no voy a volver a jugar al fútbol y que es en serio que no tengo la menor idea de lo que quiero hacer cuando me gradúe del instituto.

—Necesito tiempo para pensar —les digo una y otra vez hasta que estoy segura de que entienden que lo digo totalmente en serio.

Una vez finalizada mi diatriba, mis padres se miran el uno al otro.

Se hace un silencio que pesa en el ambiente.

Por fin, mamá dice:

—¿De verdad has vuelto a hablar en primera persona?

No me había dado cuenta hasta ese momento.
—Yo —digo y vuelvo a saborear aquella palabra— supongo que sí.
—¿Por qué hoy? —pregunta papá.
Lo pienso durante un segundo y digo:
—Porque ya va siendo hora de ser yo misma.

36. Con los ojos entornados, saca la ira que lleva dentro

Cuando Shannon regresa de un fin de semana de fiestas post-baile de fin de curso en diversas casas de vacaciones por la costa, viene quemada por el sol e hinchada de ponerse de alcohol hasta las cejas. Tiene un aspecto penoso, la verdad. Lo sé porque se pasa por mi cuarto a hacerme una visita.

Cierra la puerta a su espalda, se cruza de brazos y dice:

—¿Por qué?

—¿Por qué qué? —le digo desde la cama. Estoy sentada con la espalda apoyada en la pared. He estado leyendo un inspirador poema de Bukowski que se titula «Lanza los dados».

—¿Por qué se te fue la olla de esa manera en la limusina?

—No creo que lo vayas a entender, Shannon, sinceramente.

—Prueba.

—Es que no soy como tú, ¿vale? Es que... *no lo soy*.

—¿Qué? ¿Tan horrible es ser como yo?

—No. Para nada. No te juzgo. Yo no intento... es que yo no voy a bailes de fin de curso, y... Quizá es que tú eres como un pájaro y yo como un pez, y ya me he pasado fuera del agua una cantidad de tiempo demasiado peligrosa, y...

—Eres una chica de dieciocho años exactamente igual que yo. Las dos crecimos aquí. Las dos pertenecemos a unas familias privilegiadas de raza blanca. ¿De qué cojones estás hablando?

Me doy cuenta de que Shannon ni siquiera *desea* entenderme, así que me limito a decirle:

—Lo siento —y lo que quiero decir es «Siento que no vayamos a conectar con esta pequeña charla», pero ella se toma por otro lado mi disculpa.

—Es que *deberías* sentirlo —dice señalándome a la cara con el dedo—. Le destrozaste a Ned por completo el baile de fin de curso. ¿Qué ha hecho él para merecer esa humillación? ¿Por qué aceptaste ir y después lo dejaste así? Si un tío le hubiera hecho eso a una chica, habría estado mal; pero que *una chica se lo haga a un tío*... Le cortaste los huevos allí delante de sus mejores amigos en la que se suponía que iba a ser la mejor noche de sus años de instituto. Se quedó hecho polvo, Nanette. Quiero decir... que de verdad te quería. Y ahora, cada vez que alguien le pregunte por la noche del baile, hasta el día en que se muera, tendrá que mentir o contar la supervergonzosa historia de cómo Nanette O'Hare lo dejó tirado antes de llegar allí siquiera. ¿No te parece que a lo mejor podrías haber roto con él de una forma ligeramente menos dramática? ¿O haber fingido hasta que se acabase el instituto, igual que voy a hacer yo con mi novio? Ned se ha pasado el fin de semana entero bebiendo para olvidar.

—Lo siento —vuelvo a decir, porque no sé qué otras palabras puedo ofrecerle.

—Fuiste una egoísta total y una cabrona de narices. El año que viene, cuando vayamos a...

—No voy a ir contigo el año que viene.

Shannon me fulmina con la mirada, y la cara se le pone de un tono rojizo aún más vivo.

—¿Qué?

—Que yo no voy a ir a la universidad en otoño. Necesito tiempo.

—¿Tiempo? ¿Tiempo para qué?

—Para descubrir quién soy. Lo que quiero. ¿No te parece raro que nos digan lo que tenemos que hacer a cada segundo de nuestra adolescencia y que después, cuando se acaba, se suponga que tenemos que elegir una universidad, una carrera y una especialidad sin haber tenido nunca la verdadera oportunidad de meditarlo? Se supone que tienes que ir, así, por las buenas, sepas o no lo que vas a hacer o lo que esperas conseguir. ¿No te parece extraño eso? Por no mencionar todo el dinero que le toca pagar a nuestros padres por algo que ni siquiera estamos completamente seguras de querer.

—¿De verdad crees que nadie más piensa en estas cosas? ¿Crees que a los demás no nos preocupa cómo será la universidad o qué especialidad deberíamos escoger? ¡Por Dios, Nanette, que eso es lo único de lo que todo el mundo ha estado hablando el puto año entero!

—Pero ¿de verdad pensamos en ello en profundidad o nos limitamos a acabar haciendo lo que se supone que debemos hacer, lo que nuestros padres quieren que hagamos, lo que la sociedad quiere que hagamos? A ver, ¿de verdad quieres jugar al fútbol el año que viene? ¿De verdad quieres ser profesora de primaria? Pero ¿te gustan a ti los niños, siquiera?

—¡Claro que sí! ¡Desde luego! ¡Me encanta el fútbol! ¡Es mi vida! ¡Y estoy deseando trabajar con niños! ¡Que sí! ¿Por qué es tan difícil de creer?

—Vale, pues me alegro por ti, entonces.

—¿Y por qué no quieres jugar tú al fútbol? Es divertido, es un juego, y es mejor que quedarse ahí sentada en tu cuarto compadeciéndote de ti misma.

—Porque no me gusta jugar. Tan simple como eso.

—¿Y a ti *qué* te gusta entonces, Nanette?

—Me gusta escuchar música, leer poesía y novelas. Me gusta ir a los cines de arte y ensayo. Me gusta tener conversaciones filosóficas mientras admiro la luna llena y roja de octubre. Me gusta estar a solas con otra persona en lugar de meterme en fiestones llenos de gente con la que nunca vas a conseguir mantener una verdadera conversación. Me gusta nadar en el mar. Y me gusta…

—A mí me gusta nadar en el mar. A todo el mundo. Y yo siempre mantengo conversaciones de verdad en las fiestas. Ahí, yo hablo con todo el mundo. Me gusta ir al cine. Otra cosa igual, a casi todo el mundo le gusta. A lo mejor es que eres una esnob, Nanette. A lo mejor es que te crees mejor que los demás. Vas a acabar sola como te descuides. A ver, ahora que Alex ya no está, ¿te queda algún otro amigo aparte de mí?

Que Shannon haya metido a Alex en esto —alguien a quien ella ni siquiera llegó a conocer— es pasarse de la raya.

—Lo siento, Shannon. Te deseo lo mejor, de verdad que sí, pero me gustaría que te marchases ahora mismo.

—¿Qué? ¿Por qué?

—Yo… —pero no se me ocurre la manera apropiada de decirle lo que estoy pensando sin sonar como una verdadera cabrona, y ni siquiera tengo la sensación de deberle ya explicaciones a Shannon. Quizá los bailes de fin de curso, las fiestas, los equipos universitarios de fútbol y la enseñanza tradicional estén fenomenal para gente como ella y para la mayor parte del mundo, pero para mí no lo está, y no sé cómo conseguir que los demás lo entiendan sin insultarlos, algo que desde luego no deseo hacer—. Te repito que lo siento de veras, pero necesito que te marches. No quiero mantener contigo esta conversación.

—¿Es que estás de puta coña o qué? —dice Shannon con los ojos entornados, saca la ira que lleva dentro—. ¿Me estás largando por haberte echado la charla por tus mierdas?

—Lo siento.

—Genial —Shannon me da la espalda y sale airada de mi cuarto.

Oigo a mi madre, que le pregunta qué tal ha ido «ahí arriba», y Shannon le dice:

—Mire, señora O'Hare, su hija es imposible. Lo siento. Yo lo he intentado. Pero ya no puedo más, así de fácil.

Y enseguida Shannon se ha ido.

De algún modo sé que nunca volveremos a hablar.

Y me parece bien.

37. Espero sinceramente que esa chica sea perfecta

Aunque oigo a un montón de gente cuchichear sobre lo que le hice a Ned, nadie me habla en el instituto ni me pregunta qué pasó. Quizá sea más divertido rellenar las lagunas con cotilleos, de manera que es como si hubiese vuelto a ser invisible. Resulta sorprendente cómo mi clase entera se une al instante en mi contra sin que uno solo de mis compañeros se pregunte siquiera si mis motivos eran fundados. Hasta los chicos que no son amigos de la pandilla de Shannon y Ned parecen estar evitándome.

Sí que me siento mal por haberle estropeado el baile a Ned, así que voy a su casa una noche y llamo a la puerta. Cuando abre su madre, arquea las cejas y me dice:

—Hace falta valor para venir aquí.

—¿Podría hablar con él, por favor?

—Vale —dice, y me cierra la puerta en las narices.

Espero allí de todas formas porque ha dicho «vale», y, después de lo que se me antoja una eternidad, la puerta se abre y aparece Ned vestido con una camiseta de ropa interior y unos pantalones cortos de baloncesto enormes de color verde. No sale de la casa ni tampoco me invita a pasar.

Está intentando hacerse el duro y el cabreado con los brazos cruzados, pero me doy cuenta de que tiene ganas de llorar.

—Solo quería decirte que siento mucho haberte estropeado el baile de fin de curso.

—¿Por qué se te fue la olla en la limusina?

—Verás, yo...

—Un momento... ¿es que ahora hablas en primera persona?

—Estaba haciendo un experimento. Con eso de la tercera persona. Intentaba tener buena disposición con los demás durante una temporada. Intentaba ser como todo el mundo.

—Todo el mundo habla en primera persona.

—El experimento fue un fracaso. Obviamente.

—A ver si lo he entendido... Fuera lo que fuese lo que teníamos, ¿no era más que una parte de una especie de experimento? ¿Yo no significaba nada más para ti?

—¿Y no son todas las parejas de nuestra edad una especie de experimento? —le digo y enseguida me doy cuenta de lo mal que suena.

—Vaya —rechina los dientes y se mira los pies—. Tu disculpa duele más todavía que el hecho de que me dejaras solo en el baile. ¿Cómo te las has arreglado?

—Escucha, estoy un poco jodida ahora mismo. No sé lo que quiero. Quién soy.

—Me da igual. Yo estoy bien.

Veo lo mal que lo está pasando, y eso me causa una especie de perplejidad.

—¿De verdad no sabías que estaba fingiendo todo el tiempo?

Ned hace un gesto negativo de incredulidad con la cabeza.

—Lo siento por ti. En mi vida he conocido a nadie más egoísta. Que sí, que de verdad me importabas... tú o quienquiera que estuvieses fingiendo ser durante tu *experimento*, así que felicidades.

—Ned, escúchame... lo siento. Encontrarás a otra chica que te querrá tal y como eres. Y espero sinceramente que esa chica sea perfecta para ti.

Me mira una última vez, y veo cómo le tiemblan las pestañas justo antes de que cierre de un portazo.

38. World Population Clock

En la consulta de June, la pongo al día y le digo:

—Lo que me tiene realmente preocupada es esto: que no tengo amigos. No me queda ni uno solo. No quiero volver a ver a Booker. Oliver ha pasado página. El señor Graves ha desaparecido del mapa. Alex está muerto. Mi instituto entero piensa que soy una egoísta hija de puta por haberle dado plantón a Ned en el baile. Y acabo de leer la novela *Mujeres* de Charles Bukowski, que más o menos se lo ha cargado para mí. ¿Has leído ese libro?

—No.

—Es tan triste y tan patética... y trata claramente sobre él. Hace que resulte casi imposible admirar al tío Buk. ¿Hay alguien a quien merezca la pena admirar en este mundo? ¿O es que todo el mundo te acaba defraudando?

June se da varios golpecitos en la barbilla y luego dice:

—¿Cuántas erais en el primer equipo de fútbol del instituto?

—¿Qué? ¿Por qué?

—Tú sígueme el juego. ¿Cuántas erais?

—No lo sé. ¿Veinticinco, quizá?

—¿Cuántos alumnos hay matriculados en tu instituto?

—Unos mil.

—¿Cuánta gente vive en tu municipio?

—No tengo ni idea.

—Di una cantidad.

—¿Veinte mil?

—¿Te relacionas alguna vez con la gente de fuera de la zona de South Jersey? ¿Lo has hecho en estos dieciocho años?

—La verdad es que no.

—Saca tu móvil.

Saco el móvil.

Dice June:

—Mete *World Population Clock*[*] en Google y pincha en la página que te sale.

Lo hago y me encuentro con un contador en marcha que lleva la cuenta de todas las personas que han muerto y han nacido hoy. Puedo ver que hay muchos más nacimientos que muertes, así que la población mundial crece a cada segundo.

—¿Por qué me enseñas esto? —le pregunto.

—¿Qué te dice a ti esa información?

—No sé.

—Piensa.

—¿Que estamos jodidos?

—¿Por qué?

—El calentamiento global. En algún instante habrá más personas que recursos. No podremos sostener…

—Sí, todo eso es cierto, pero hoy vamos a probar con un enfoque optimista de las cosas. ¿Qué te dice en relación a tu nivel de popularidad?

---

[*] «Contador de la población mundial». *(N. del T.)*

—¿Que hay más de siete mil millones de personas en el mundo y que por eso soy completamente insignificante?

June hace un gesto negativo con la cabeza.

—No. Que hay siete mil millones de personas en el mundo y que tú, como mucho, has tenido algún contacto con veinte mil. Y esas veinte mil son bastante homogéneas. Tus vivencias con otras personas han venido dictadas en gran medida por las decisiones de tus padres. El vecindario en el que decidieron comprar una casa. Dónde te enviaron a estudiar. Y tal vez aquellas decisiones no fueran las mejores para ti. Quizá tú no encajes donde te encuentras ahora, pero aun así te las has apañado para sobrevivir a cuatro años de instituto y, por el camino, has pasado por una serie de experiencias muy valiosas. Hay otra gente ahí afuera, siete mil millones de personas. *Siete mil millones.* ¿De verdad eres tan pesimista como para creer que no te vas a entender con ninguna de ellas?

—Pero ¿cómo sigo adelante? ¡No tengo ni idea!

—A veces basta con escoger un rumbo y cometer errores. Después, utilizas lo que has aprendido gracias a tus fracasos para así escoger otros rumbos nuevos y mejores para poder cometer más errores y seguir aprendiendo.

—Entonces, ¿tú crees que debería ir a la universidad el año que viene?

—¿Lo crees tú?

—No lo sé.

—Es una oportunidad de conocer gente nueva, aunque solo fuera eso. Tal vez te haga falta dejar atrás a las primeras veinte mil personas.

Lo cierto es que no lo había pensado nunca de ese modo. Sabía que no quería seguir jugando al fútbol. No quería volver a salir por ahí con la gente de mi ciudad, pero sí que quiero conocer a gente nueva que también esté deseando mantener conversaciones de verdad, sinceras.

Dice June:

—No tienes por qué tenerlo todo clarísimo ya, o en ningún otro momento. Aquí, todos vamos avanzando a trompicones, en serio. Y ya encontrarás algo que te apasione. Solo tienes que dejar atrás el instituto y tu ciudad.

—Pero ¿cómo?

—¿Por qué no escoges algo y pruebas? Eres lo bastante afortunada como para contar con unos padres capaces de sufragar tus próximos años. Lo más probable es que debieses aprovechar eso de un modo u otro. No será perfecto, pero será distinto. Y que sea distinto puede ser muy bueno.

Me pregunto si de verdad puede ser tan fácil.

39. Pagar un precio por empeñarse en ir más allá

Y entonces, sin saber ni cómo, estoy en mi ceremonia de graduación del instituto, esperando en el pabellón cubierto y preguntándome cuándo empezará esto, para que así pueda terminar.

Tengo demasiado calor con la toga y el birrete, que llevo sujeto al pelo con horquillas.

Shannon, Riley y Maggie están en las gradas, ignorándome de nuevo.

Ned y sus amigos ni siquiera me miran a la cara.

Ni tampoco mis antiguas compañeras del equipo de fútbol.

Mientras echo un vistazo entre mis compañeros de clase, me pregunto si Booker iría a su ceremonia de graduación del instituto; estoy bastante segura de que Wrigley y Eddie Alva no asistieron.

Qué contento y emocionado parece todo el mundo.

Formamos en fila, ponen la canción y entramos desfilando exactamente como lo hemos ensayado un millón de veces, y lo odio todo más de lo que jamás me imaginé. Sin embargo, cuando me sitúo ante mi silla metálica plegable en el campo de fútbol al descubierto y miro hacia las gradas del estadio, localizo a mis padres, y ambos se están secando las lágrimas de los ojos. Por una fracción de segundo me alegro de ofrecerles este instante, aunque no signifique absolutamente nada para mí. En cuanto tuvieron noticia de la verdadera Nanette, los dos se adaptaron e intentaron ayudarme lo mejor que pudieron. Y eso los ha vuelto a unir, también, algo extraño. Quizá debería haber sido sincera con ellos antes. Pero ¿cómo iba a saber yo que el hecho de ser sincera iba a mejorar tantísimo nuestra relación? La sinceridad no siempre genera unos resultados tan buenos. Y entonces pienso que tampoco he sido nunca realmente sincera con mis compañeros. Nunca les he dejado ver a la verdadera Nanette O'Hare, la real. Aparte de Alex y Oliver, es poca la gente que ha tenido la oportunidad de pasar un rato con ella, y quizá ese fuera mi gran error.

Unos hombres mayores trajeados dicen las mismas generalidades que dicen todos los años, el coro canta «Time After Time» de Cyndi Lauper, y llega el momento de los discursos de los dos alumnos que tienen la calificación media más alta de todo el curso.

Como es costumbre, presentan a la segunda nota más alta, Janelle Priestly, para la salutación.

Anuncian que va a ir a la Universidad de Princeton, y, salvo yo, todo el mundo se pone a aplaudir como si Janelle Priestly hubiera descubierto la fórmula para convertir en oro la mierda de perro.

Se pone en pie y ajusta el micrófono, que suelta un chirrido cuando ella lo toca.

En la vida he hablado con Janelle Priestly.

Hemos ido cuatro años a la misma clase del instituto, y Janelle Priestly y yo no hemos cruzado una sola sílaba.

—Es un gran honor representar a esta clase tan maravillosa, prometedora y querida —empieza diciendo y extiende el brazo para hacer un gesto con la mano sobre nuestras cabezas como si fuéramos un flamante coche que ella está a punto de regalar en alguna bobada de concurso de la tele.

«Janelle Priestly no me representa —pienso—. Lo más probable es que ni siquiera sepa cómo me llamo».

En su esfuerzo por «representarme», Janelle prosigue para pronunciar unas palabras que yo jamás utilizaría y proclama unas ideas en las que yo no creo, y, cuando miro a mi alrededor, a mis compañeros, a la junta directiva del instituto, al profesorado, a la banda de música e incluso a los policías que se han congregado al borde del campo...

Me duele el simple hecho de estar sentada en aquel lugar soportando el ritual anticuado y aburrido de una ceremonia de graduación de instituto, es como si tuviera llamas debajo que están calentando la silla de metal en la que estoy sentada, como si tuviera lleno de hormigas rojas este sombrerito que no es más que un trozo cuadrado de cartón, como si toda esta puta ciudad tan privilegiada en exceso me estuviese arañando lentamente los globos oculares con papel de lija.

Pero entonces caigo en la cuenta de que soy libre si quiero serlo, que nadie me ha encadenado a esta silla plegable.

Así que me levanto sin más y me marcho tranquila.

Janelle Priestly sigue hablando, mis compañeros escuchando y los padres abanicándose con el programa de la ceremonia, y todo sigue como la seda sin mí sentada entre la muchedumbre.

Seguramente pensarán que tengo que ir al servicio.

O quizá no piensen nada en absoluto.

La verdad es que al mundo no le preocupa demasiado lo que haces en ocasiones, mientras permitas que cierta gente se siga moviendo en manada sin ti.

Con aspecto de perplejidad y un tanto aterrados, mis padres llegan hasta mi Jeep tan solo unos segundos después de que yo lo haga, y, a modo de explicación, les digo:

—Es que no puedo hacerlo.

Mi padre me pone esa mirada terriblemente triste que me hace sentir como una piltrafa, y le odio por ello, aunque me doy cuenta de que solo está confundido, más que nada.

—No lo entiendo, Nanette —suelta mamá—. ¿Por qué abandonar tu propia graduación? ¿Por qué? Es una celebración PARA TI. Hemos estado haciendo todo lo que tú querías. Hemos sido muy tolerantes con tus necesidades. ¿Por qué nos has hecho esto?

Me habría quedado a la ceremonia entera si eso hubiera sido una posibilidad, pero es que no lo era. Sé que suena exagerado, pero no lo es. Siento mucho no poder dároslo.

Mamá tiene la boca abierta, pero no emite ninguna palabra. Cuando miro a mi padre, veo que él tampoco lo entiende, y allí mismo, en aquel instante, me percato de que hay una gran parte de mí que mis padres *jamás* comprenderán por muchas sesiones de terapia a las que vayamos, aunque mantengamos mil y una conversaciones sobre quién soy yo.

—Ojalá pudiera ser quien vosotros queréis que sea —les digo—. Eso haría que las cosas fueran mucho más fáciles.

Cuando mamá se echa a llorar, papá la rodea con el brazo, pero ninguno sabe qué decir.

Las últimas palabras de Janelle Priestly resuenan entre las hojas verdes, el cielo azul y la puesta de sol, y la multitud rompe a aplaudir como loca.

Los O'Hare se encuentran ahora fuera del círculo, de pie en la calle, tan solo nosotros tres.

—La ceremonia de graduación más breve a la que he asistido —dice papá, que escoge la vena humorística, cuando el silencio se vuelve atronador—. Y mira que esas historias se suelen alargar.

Mamá suelta una risa forzada y se seca una lágrima, pero yo sé que sigue enfadada. Más concretamente, sigue avergonzada. Una cosa era tener una hija destarifada de puertas para adentro, pero muchos de sus contactos profesionales se hallaban hoy entre el público: esposas y madres inseguras con una vida sexual penosa y unas casas enormes que hay que renovar constantemente.

Pero veo también que mamá se encuentra en un conflicto emocional. June ya le ha explicado lo que necesito, pero mamá no siempre puede dármelo, exactamente igual que yo no siempre le puedo dar a mamá lo que ella necesita de mí.

Nos quedamos de pie junto a mi Jeep durante unos minutos sin decir nada mientras arranca el siguiente discurso, y es como si todos supiéramos que hemos llegado al final, que las cosas nunca volverán a ser lo mismo. Los tres llevamos algo muy dentro que se niega a desprenderse de lo que sea que hemos tenido durante los últimos dieciocho años y medio, aunque eso es justo lo que tenemos que hacer.

—¿Te vemos en casa? —pregunta por fin papá.

Yo asiento con la cabeza.

Cuando se dan la vuelta, abro la puerta del Jeep y hay un libro misterioso en el asiento del conductor.

Un rostro joven y andrógino me mira fijamente desde el asiento, bajo el título: *El retrato de Dorian Gray*.

Observo a mi alrededor y estudio con la mirada la hilera de coches que hay en la calle y en las aceras, pero no veo a nadie, así que hojeo la novela.

No hay ninguna nota manuscrita en el interior de la solapa, pero sí una página con la esquina superior doblada. En ella hay una frase resaltada. Brilla en amarillo fosforito.

Detrás de todo lo exquisito que jamás haya existido siempre hay algo trágico.

Se me acelera la mente.

¿Quién ha dejado aquí este libro?

¿Qué están tratando de decirme?

Esa noche me leo la novela de un tirón, y si la leyeses tú también, sin duda verías su relación con mi último año de instituto: cómo Alex y yo nos obsesionamos con una obra de arte después de ver en ella una parte de nosotros mismos, y cómo esa obsesión comenzó a destrozarnos y tal vez incluso colaborara en la muerte de Alex.

Pero ¿qué fue verdaderamente trágico, y qué fue exquisito, para ser exactos?

Mis padres, el señor Graves, Shannon, Ned, Booker, Oliver... todos ellos tendrían respuestas diferentes a esta pregunta. Hay que pagar un precio por empeñarse en ir más allá de las respuestas de los demás, y lo que estoy descubriendo es que estoy más que dispuesta a pagarlo.

Prefiero pensar que fue el señor Graves quien me dejó el libro de *Dorian Gray* en el Jeep como una forma de despedirse oficialmente, pero apuesto a que ha sido Booker.

De un modo u otro, lo tomo como lo que es: una especie de final, y un comienzo.

40. Aterciopeladas como un buen beso

El día siguiente a la graduación, meto la directa en el Jeep y me dirijo a la costa. La capota está bajada, y llevo el pelo ondeando al viento a mi paso. Voy escuchando el álbum *Hold On Now, Youngster...* de Los Campesinos!, que me sacude los tímpanos con su soniquete de punk pop. Al llegar, busco aparcamiento y me acerco caminando hasta la playa. No tengo ni idea de si es en esta zona donde el señor Redmer lanzó las cenizas de Alex, pero no importa, porque sí es el lugar donde vinimos Alex y yo cuando nos saltamos las clases el primer día de mi último año de instituto, así que es una última vez en *nuestro* sitio.

Con los pies en la arena húmeda y el vaivén espumoso de las olas acariciándome los tobillos, saco el iPhone del bolsillo, conecto los cascos y escucho la canción «Salty Water»[*] de Lightspeed Champion en recuerdo de Alex.

Más que un verdadero amigo o un amante, Alex era una idea. Nunca tuvimos la oportunidad de conocernos realmente para poner a prueba nuestra compatibilidad a lo largo de un periodo de tiempo significativo. Ahora veo que estaba

---

[*] «Agua salada». *(N. del T.)*

enfermo, que tal vez fue demasiado lejos en eso de alejarse del centro de la manada, pero estar con él por un tiempo breve me llevó a mí a alejarme lo suficiente para liberarme de la vida que odiaba, de lo que todo el mundo esperaba de mí. Y, aunque no tengo ni idea de qué es lo que viene ahora, estoy agradecida por no haberme enrolado en una vida que me habría hecho infeliz. Me alegro de haber tenido la oportunidad de estar con Alex Redmer unos pocos meses.

Cuando termina la canción, el sol se está poniendo a mi espalda y ya casi no hay gente. Me quito la ropa para quedarme en bikini y me adentro caminando en el mar, que esta noche está plano como si fuera un lago, casi como una cama que alguien hubiese hecho tirando de las sábanas y el edredón para tensarlos, todo bien remetido y pulcro.

Perfecto.

El agua aún está fría del invierno y la primavera, por eso la piel se me rebela y me pone la carne de gallina, pero sigo adelante de todas formas, hasta que el océano me llega por la barbilla, momento en el cual me echo hacia atrás y dejo que asomen los dedos de los pies, que el agua del mar me ascienda por el pelo. Y así floto un rato largo, pensando en todo cuanto ha sucedido.

—Ted el Improductivo sigue siendo con quien más te identificas —me digo y estiro las extremidades, me paso la lengua por la sal de los labios y dejo que el agua me inunde los oídos.

«Pero tú no eres Ted el Improductivo, ni Wrigley, ni ningún otro de los personajes de *La parca de chicle*. Tú no eres Booker, ni el señor Graves, ni June, ni tus compañeros de clase, ni nadie a quien vayas a conocer en el futuro. Eres Nanette O'Hare, y con eso vale, porque esta existencia por la que te vas abriendo camino es tu propia historia, y no la de otro».

Me pregunto adónde habrá ido Alex. Siento lástima por él, porque su historia ha terminado... ¿o está su espíritu por aquí de alguna manera? A ver, si su padre dijo la verdad sobre las cenizas, Alex está literalmente conmigo, en el agua. ¿Y quién sabe con certeza que nuestra historia termina cuando morimos aquí, en este planeta? Tal vez Alex esté de verdad en otro lugar. Pero ¿dónde? Estos pensamientos me dan vértigo, así que intento concentrarme en el resplandor naranja rosado de la puesta de sol.

Pero ¿adónde ha ido el resto de Alex?

¿Su forma de ser?

¿Su risa?

¿Sus ideas disparatadas?

¿Su poesía?

¿Su sonrisa?

¿Su magnífica melena?

¿Su necesidad de justicia?

¿Su preocupación por los débiles?

¿Su humanidad?

¿Su trágica testarudez?

«Quizá todo ello me acompañe mientras recorro el camino del tiempo que me quede», pienso, y entonces se me ocurre algo más que también me da vértigo.

Es probable que nunca llegue a saber por qué Booker escribió *La parca de chicle,* pero el hecho de que la escribiese produjo cambios en diversas vidas y también que Booker esté ahora felizmente enamorado de Sandra Tackett, algo que jamás pudo prever cuando soñó el universo de Wrigley. De manera que tal vez lo más importante no sean los factores que la motivaron, sino el simple hecho de participar de ella, de lanzar tu mejor, verdadero y auténtico yo al universo con desenfreno. Quizá ceder ante nuestra verdadera naturaleza nos envíe de cabeza hacia lo desconocido, hacia metas con las que ni siquiera hemos soñado aún pero que sin embargo existen.

Estoy esperando a que las estrellas perforen el manto negro de ahí arriba, esperando a que el futuro me sumerja como tantas y tantas olas saladas, algunas tan turbulentas como mis pensamientos y otras tan aterciopeladas como un buen beso.

¿Qué pasa con Wrigley cuando sale del agua, después de que termine la novela?

En realidad, la cuestión no es responder a esa pregunta, decido mientras salgo del mar en esta noche.

Tengo que descubrir qué le sucede a Nanette O'Hare.

Te recomendamos...

Fangirl
Rainbow Rowell

Kit de superviviencia para mi futura yo
Lara Avery

Moriré besando a Simon Snow
Rainbow Rowell

NERVE
Jeanne Ryan

Nunca digas nunca
Amy Lab

Eleanor & Park
Rainbow Rowell

Este libro se terminó de imprimir
en el mes de octubre de 2016